日語能力檢定系列

★收錄歷屆考題

2級
文法一把抓

永石繪美　本局編輯部　編著

三民書局

國家圖書館出版品預行編目資料

```
2級文法一把抓／永石繪美,三民日語編輯小組編著.
  ――二版二刷.――臺北市：三民，2011
    面；   公分.――(日語能力檢定系列)
  參考書目：面
  ISBN 978-957-14-4050-7  (平裝)
  1.日本語言－文法

803.16
```

© 日語能力
檢定系列　2級文法一把抓

編 著 者	永石繪美　三民日語編輯小組
責任編輯	李金玲
美術設計	郭雅萍
發 行 人	劉振強
著作財產權人	三民書局股份有限公司
發 行 所	三民書局股份有限公司
	地址　臺北市復興北路386號
	電話　(02)25006600
	郵撥帳號　0009998-5
門 市 部	(復北店) 臺北市復興北路386號
	(重南店) 臺北市重慶南路一段61號
出版日期	初版一刷　2004年8月
	初版三刷　2006年5月修正
	二版一刷　2007年8月
	二版二刷　2011年7月
編　　號	S 804810

行政院新聞局登記證局版臺業字第○二○○號

有著作權・不准侵害

ISBN　978-957-14-4050-7　　(平裝)

http://www.sanmin.com.tw　三民網路書店

序言

　　「日本語能力試驗」在日本是由財團法人日本國際教育支援協會，海外則由國際交流基金協同當地單位共同實施。自1984年首次舉辦以來，規模日益龐大，於2006年全球已有四十六個國家，共一百二十七個城市，逾四十五萬人參加考試。台灣考區也於1991年設立，如今共有台北、高雄、台中三個城市設有考場。

　　「日本語能力試驗」的宗旨是為日本國內外母語非日語的學習者提供客觀的能力評量。考試共分成4級，1級程度最高，4級程度最簡單，學習者可依自己的程度選擇適合的級數報考。報考日期定於每年八月至九月上旬，於每年十二月初舉辦考試。

　　在台灣，「日本語能力試驗」所認定的日語能力評量相當受到重視，不僅各級學校鼓勵學生報考，聽說許多公司行號在任用員工時，也要求其出示日本語能力試驗的合格證書。由於這樣的屬性，也使得「日本語能力試驗」的地位，猶如英語的托福考試一般。

　　為此，本局特地以日本國際教育支援協會與國際交流基金共同合編的《日本語能力試驗出題基準》為藍本，規劃一系列的日語檢定用參考書，期許讀者藉由本書的學習，能夠有越來越多的人通過日本語能力測驗。

　　最後，本書能夠順利付梓，要特別感謝日本國際交流基金的協助，提供歷年的考題，在此謹向國際交流基金致上謝意。

2007年8月
三民書局

前書き

　　「日本語能力試験」は日本国内では財団法人日本国際教育支援協会が、日本国外では国際交流基金が現地機関の協力を得て実施しています。1984年に第1回が行われ、以来規模が年々大きくなって、2006年には世界46ヶ国計127の都市で、四十五万人を越える方がこの試験に参加しました。台湾でも1991年から、試験会場が設けられ、現在は台北と高雄と台中三つの都市で実施されています。

　　「日本語能力試験」は、日本国内外の日本語を母語としない日本語学習者を対象に、その日本語能力を客観的に測定し、認定することを目的として行われています。試験は4つの級に分かれており、1級が最高レベル、4級が最低レベルになっています。学習者の皆さんは自分の能力に適したレベルの試験を受けることができます。出願期間は毎年8月から9月上旬で、毎年12月上旬に試験が行われます。

　　台湾では、この「日本語能力試験」の認定した日本語レベルが重大視されています。各学校で生徒たちに出願を勧めているだけでなく、民間企業でも就職用の資格として日本語能力試験の合格証書が要求されることがあるようです。このような性格から、日本語能力試験は、英語の能力を測るテストTOFELに対応する位置づけができそうです。

こうした現状をふまえ、弊社はこの度、日本国際教育支援協会と国際交流基金共同著作・編集の『日本語能力試験出題基準』をもとに、日本語能力試験用の参考書シリーズを企画いたしました。本書を勉強して、一人でも多くの方が、日本語能力試験に合格できることを願っております。

　最後ではありますが、本書の編集出版に際し、試験問題を提供していただいた日本国際交流基金に紙面を借りてお礼を申し上げます。

２００７年８月
三民書局

目次

日本語能力試驗

§2級・文法テスト§

感謝日本國際教育支援協會暨國際交流基金提供考題

本書使用說明

1 考古題次數
明瞭重要程度
掌握考題趨勢

2 機能語
五十音編排
查閱方便

3 機能語中譯
立即了解
機能語的意義

4 語意
機能語的
簡單日文說法

5 接續
清楚主要
接續形式

6 中文解說
說明簡潔扼要
理解正確用法

7 比較(或參見)
參照相關解說
比較之間異同

8 例句
加深理解
提昇閱讀能力

9 例句中譯
對照例句
充分了解句意

10 考古題
精選一題歷屆考題
立即驗收學習成效

11 考古題年度
考題測驗年度
平成18年為2006年

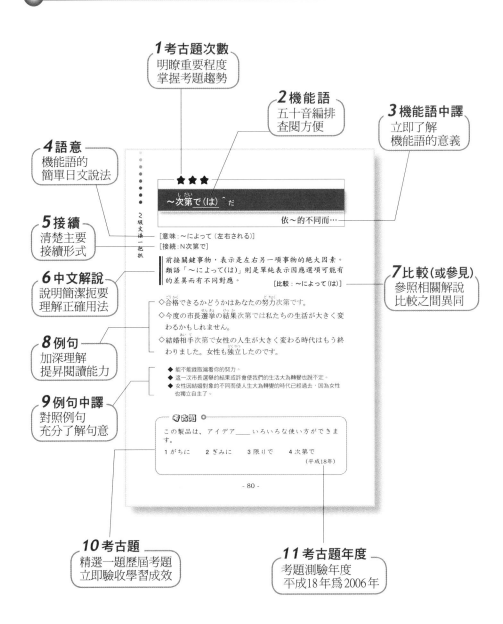

★★★

～次第で(は) だ

依～的不同而…

〔意味：～によって（左右される）〕
〔接続：N次第で〕

前接關鍵事物，表示是左右另一項事物的絕大因素。
類語「～によって(は)」則是單純表示因應選項可能有
的差異而有不同對應。　　〔比較：～によって(は)〕

◇合格できるかどうかはあなたの努力次第です。
◇今度の市長選挙の結果次第では私たちの生活が大きく変
　わるかもしれません。
◇結婚相手次第で女性の人生が大きく変わる時代はもう終
　わりました。女性も独立したのです。

◆ 能不能錄取端看你的努力。
◆ 這一次市長選舉的結果或許會使我們的生活大為轉變也說不定。
◆ 女性因結婚對象的不同而使人生大為轉變的時代已經過去，因為女性
　也獨立自主了。

考古題

この製品は、アイデア＿＿ いろいろな使い方ができま
す。

1 がちに　　2 ぎみに　　3 限りで　　4 次第で
　　　　　　　　　　　　　　　　（平成18年）

- 80 -

1 考古題次數 以★標示。

統計平成10年至18年2級文法測驗中的出現次數，一顆★表示出現一次。若為「★★」表示機能語語意2的考古題出現兩次，語意1則無考古題。

2 機能語 照五十音編排。

2-1 括弧表示( )裡的字視語意、語感的不同可作添加。

2-2「～」表後項置換前項；若有底線，則僅代換底線部分的字詞。以左頁範例為例，表示機能語除「～次第で」，另作「～次第では」「～次第だ」，但之間未必可於例句中隨意替換，如例句3的「次第で」不能改用「次第だ」。

2-3 另有「う」「れ」「せ」的特殊字，分別代表該機能語須用動詞的意向形、可能形、使役形。

3 機能語中譯 若機能語包含兩種語意時，以①②區分。

4 語意 機能語的簡單日文說法，當含兩種語意時，以①②區分。

5 接續 機能語前的主要接續形式。說明參見下頁『「接續」符號標記一覽表』。

6 中文解說 扼要說明機能語的用法及接續上的注意事項。

7 比較(或參見) 參照類似機能語的解說，比較之間異同。若為「參見：辨析3」表參見附錄辨析3的解說。

8 例句 3、4級以外且較難的漢字加註假名，減輕學習的負擔。句中的機能語並套色顯示。

9 例句中譯 對照日文例句，幫助了解句意。

10 考古題 從歷屆考題精選一題，立即測驗學習成效。

（部分無★標示的機能語本身雖無2級考古題，但有1級考古題時，亦列出以供練習。）

11 考古題年度 考題出現的測驗年度。收錄年度為平成10年（西元1998年）至平成18年（西元2006年）。

「接続」符號標記一覽表

符　號	代　表　意　義	用　　例
N	名詞	鳥・先生
NA	ナ形容詞的語幹	親切・きれい
NAな	ナ形容詞的連體形	親切な・きれいな
NAで	ナ形容詞的て形	親切で・きれいで
NAなら	ナ形容詞的假定形	親切なら・きれいなら
A	イ形容詞的語幹	暑・大き
Aい	イ形容詞的辭書形	暑い・大きい
Aくて	イ形容詞的て形	暑くて・大きくて
Aければ	イ形容詞的假定形	暑ければ・大きければ
V	動詞的普通形 (亦表示動詞的連體修飾形)	買う・買わない・ 買った・買わなかった
Vる	動詞的辭書形	買う・食べる・来る・する
R	動詞的連用形(不含ます)	買い・食べ・来・し
Vない	動詞的否定形	買わない・食べない・来ない・しない
Vず	動詞的文語否定形	買わず・食べず・来ず・せず
Vて	動詞的て形	買って・食べて・来て・して
Vた	動詞的た形	買った・食べた・来た・した
Vば	動詞的假定形	買えば・食べれば・来れば・すれば
V〈可能〉	動詞的可能形	買える・食べられる・ 来られる・できる
V〈使役〉	動詞的使役形	買わせる・食べさせる・ 来させる・させる
V〈意向〉	動詞的意向形	買おう・食べよう・来よう・しよう

( ) 表可省略括弧內的字詞或作補充說明。

; 區隔不同詞類的接續用法。例如——
「Ｎに際し；Ｖる-に際し」
「ＮＡな-ことに；Ａい-ことに；Ｖた-ことに」

/ 表除前項外，亦可接續後項，「或」之意。有時因版面
考量會以「/」代替「；」作簡單標示。例如——
「Ｎだ/ＮＡだ/Ａい/Ｖ-からといって」

範 例

1 「ＮＡ(だ)-とか」表示「とか」前接續形容動詞的語幹加
「だ」或可省略「だ」。

2 「Ｎもかまわず （Ｖの-もかまわず）」表示「もかまわ
ず」前主要以名詞接續，若遇動詞，須先加「の」名詞
化後再接續。

3 「Ｖる/Ｖた-あまり」表示「あまり」前可接動詞的辭書形
或た形。

附 註

1 「Ｎの・ＮＡな」「Ｎだ・ＮＡだ」接續機能語時，有時
亦會使用「Ｎである」「ＮＡである」的形式，但本書
不特別明示。除非通常以「である」接續機能語時才
會明確標示。

2 「Ｎの・ＮＡな」「Ｎだ・ＮＡだ」「Ａい」等接續機能
語時，有時亦可使用其否定形或過去式的形式，但需
視機能語及句子的語意而定。若通常以否定形或過去
式接續機能語時，則明確標示。

3 「Ｖ」接續機能語時，有時亦涵蓋「Ｖている」及其否定形，若只能以「Ｖている」接續機能語時，則明確標示。

《日本語能力試驗　出題基準》書中載明四點注意事項，歸納要點如下：

(1) 1、2級考題皆涵蓋3、4級文法之內容。1級考題並涵蓋2級機能語表之內容。

(2) 1、2級機能語表屬於範例性質，純粹提供測驗之出題方向，不表示測驗完全按照本表出題，或不出現本表以外之機能語句。

(3) 《出題基準》3、4級列出的文法項目中，若另外具有相當於1、2級難度的用法者，其皆未列於本表中，但於1、2級測驗仍會適當出題。

(4) 1、2級機能語表中，有同項機能語涵蓋兩種以上用法的情形，其用法差異可由後欄例句看出，但此點不表示不會出現例句以外用法的考題。

綜結以上要點，可以瞭解文法的出題範圍廣泛，並不完全侷限於《出題基準》所整理刊載的內容，但其整理的表格仍有助於掌握考題的出題方向。

2級機能語表

＊本表援引日本國際教育支援協會及國際交流基金著作、編輯的
《日本語能力試験　出題基準》一書，方便讀者查詢、參考。
＊套色數字為本書頁次。

機　能　語	用　　例
～あげく/～あげくに24	困ったあげく
～あまり25	考えすぎたあまり/心配のあまり
～以上/～以上は26	学生である以上/約束した以上は
～一方/～一方で/～一方では27	厳しくしかる一方で、やさしい言葉をかけることも忘れない
～一方だ28	事故は増える一方だ
～うえ/～うえに30	頭がよいうえ、努力もするので
～上で31,32/～上の32/ ～上では33/～上でも/～上での31	それを済ませた上で/よく考えた上のこと/見かけの上では
～上は34	こうなった上は
～うちに/～ないうちに35	テレビを見ているうちに/明るいうちに/暗くならないうちに
～う(意向形)ではないか(じゃないか)36	みんなで行ってみようではないか
～得る37	考え得る最上の方法/そういうこともあり得る
～おかげで/～おかげだ38	教えてもらったおかげで/彼に邪魔されたおかげで
～おそれがある39	台風が上陸するおそれがある
～かぎり41,42/～かぎりは42/ ～かぎりでは41/～ないかぎり42	私が知っているかぎり/危ない所へ行かないかぎり大丈夫だ/大雨が降らないかぎり、出かけよう
～かけだ/～かけの/～かける43	まだご飯が食べかけだ/読みかけの雑誌/彼は何か言いかけて
～がたい44	信じがたいこと

2級機能語表

～がちだ／～がちの45	冬は風邪をひきがちだ／曇りがちの天気
～かと思うと／～かと思ったら／～と思うと／～と思ったら112	ベルが鳴ったかと思うと、飛び出した／ピカッと光ったと思ったら
～か～ないかのうちに40	そう言ったか言わないかのうちに
～かねる47	待ちかねる／ちょっとわかりかねます
～かねない46	あいつなら、やりかねない
～かのようだ48	一度に春が来たかのようだ
～から～にかけて49	昨夜から今朝にかけて／1丁目から3丁目にかけて
～からいうと／～からいえば／～からいって50	私の立場からいうと／現状からいって無理だ
～からして51	彼の態度からして許せない
～からすると／～からすれば52	私の考え方からすると
～からといって53	寒いからといって家の中ばかりにいるのはよくない
～からには／～からは54	約束したからには／こうなったからは、何が何でも
～から見ると／～から見れば／～から見て／～から見ても55	この記録から見ると／高校の成績から見ても
～かわりに56	映画を見に行くかわりに、うちでテレビを見る
～気味57	風邪気味／疲れ気味
～きり／～きりだ58	行ったきり、帰らない／彼女には去年会ったきりだ
～きる／～きれる／～きれない59	信じきる／そう言いきれるか／食べきれない
～くせに60	知らないくせに

～くらい／～ぐらい／～くらいだ／～ぐらいだ61	もう歩けないくらい疲れた／情けなくて、泣きたいくらいだ
～げ62	悲しげだ／さびしげに
～こそ63	こちらこそ／わかっているからこそ
～ことか64	どんなにさびしいことか／何度注意したことか
～ことから65	この辺は米軍の基地が多いことから
～ことだ66	自分でやってみることだ
～ことだから67	朝寝坊のあの人のことだから
～ことなく68	いつまでも忘れることなく
～ことに／～ことには69	面白いことに／驚いたことには
～ことになっている／～こととなっている70	授業は4月7日から始めることになっている
～ことはない71	君が行くことはない／そんなことをすることはない
～際／～際に／～際は72	帰国の際／港に立ち寄った際／訪問する際に
～最中に／～最中だ73	会議の最中に／今検討している最中だ
～さえ／～でさえ74	ひらがなさえ書けない／温厚なあの人でさえ怒った
～さえ～ば75	暇さえあれば／薬を飲みさえすれば
～ざるをえない76	間違っていると言わざるをえない
～しかない77	こうなったらやるしかない
～次第78	向こうに着き次第
～次第だ79,80／～次第で／～次第では80	こうして今に至った次第だ／言い方次第でどうにでもなる／成績次第では

～上/～上は/～上も *81*	制度上不可能だ/表面上は変化がない/外見上も同じだ
～ずにはいられない *125*	泣かずにはいられない
～せいだ/～せいで *84* /～せいか *83*	知らなかったせいだ/雨のせいで/病気のせいか
～だけ *86* /～だけあって/～だけに *87* /～だけの *86,87*	できるだけ/横綱だけあって/10年も日本にいただけに/チャンピオンだけのことはある
たとい(たとえ)～ても *88*	たといお金がなくても
～たところ *89*	先生のお宅へ伺ったところ
～たとたん/～たとたんに *90*	立ち上がったとたん/家を出たとたんに
～たび/～たびに *91*	新宿へ行くたびに
～だらけ *92*	間違いだらけ
～ついでに *93*	郵便局へ行ったついでに
～っけ *94*	今日は何曜日だっけ/あの人、林さんと言ったっけ
～っこない *95*	わかりっこない
～つつ *96,97* /～つつも *97*	山をのぼりつつ/悪いと知りつつ/そう考えつつも
～つつある *98*	向上しつつある
～っぽい *99*	男っぽい
～て以来 *29*	日本へ来て以来
～てからでないと/～てからでなければ *100*	日本語を勉強してからでないと
～てしょうがない *101*	寂しくてしょうがない
～てたまらない *102*	悔しくてたまらない
～てならない *103*	悲しくてならない/残念でならない

2級機能語表

〜ということだ *104,105*	ニュースでは4月から水道料金が上がるということだ / 彼はまだか。つまり、今日は休むということだな
〜というと / 〜といえば *106* / 〜といったら *106,110*	温泉というと / 株といえば / その心細さといったら
〜というものだ *107*	これでは不公平というものだ
〜というものではない / 〜というものでもない *108*	多ければよいというものでもない
〜というより *109*	慎重というより無能に近い
〜といっても *111*	ビルといっても、2階建ての小さなものだ
〜とおり / 〜とおりに / 〜どおり / 〜どおりに *113*	彼が言ったとおり / 思いどおりにする
〜とか *114*	北海道は昨日大雪だったとか
〜どころか *115, 116*	漢字どころかひらがなも書けない
〜どころではない / 〜どころではなく *117*	今は花見どころではない / 事故の後は食事どころではなく、一日じゅう大変だった
〜ところに / 〜ところへ / 〜ところを *118*	食事をしているところへ / まずいところを見られた
〜としたら / 〜とすれば *119*	ここに百万円あるとしたら / 行くとすれば明日だ
〜として / 〜としては *120* / 〜としても *120,121*	学生として / 私としてはそうしたくない / 買うとしても、一番安いのしか買えない
〜とともに *122*	あなたとともに
〜ないことには *123*	実際に見ないことには
〜ないことはない / 〜ないこともない *124*	ぜひと頼まれれば、行かないこともない

- 17 -

～ないではいられない 125	それを聞くと、私も一言言わないではいられない
～ながら 126	知っていながら／残念ながら
～など／～なんか／～なんて 127	パチンコなどするものか／彼なんか10枚も買った
～にあたって／～にあたり 128	出発にあたって／仕事を始めるにあたり
～において／～においては／～においても／～における 129	式は小ホールにおいて行われる／会議における発言
～に応じて／～に応じ／～に応じては／～に応じても／～に応じた 130	労働時間に応じて／年齢に応じた対処
～にかかわらず 131／～にもかかわらず 162／～にかかわりなく／～にはかかわりなく 131	雨にもかかわらず／会社での地位にはかかわりなく
～に限って 132／～に限り／～に限らず 133	うちの子に限って／5歳以下の子供に限り無料／男性に限らず女性も
～にかけては／～にかけても 134	暗算の速さにかけては
～にかわって／～にかわり 135	病気の兄にかわって／社長にかわりご挨拶を
～に関して／～に関しては／～に関しても／～に関する 136	このことに関して／事件に関する情報
～にきまっている 137	あのチームが勝つにきまっている
～に比べて／～に比べ 138	去年に比べて
～に加えて／～に加え 139	人件費の高騰に加え円高が打撃となって
～にこたえて／～にこたえ／～にこたえる 140	要望にこたえて／国民の期待にこたえる政策
～に際して／～に際し／～に際しての 141	投票に際しての注意

〜に先立って / 〜に先立ち / 〜に先立つ 142	出発に先立って / 実施に先立つ用意周到な計画
〜にしたがって / 〜にしたがい 143	物価の上昇にしたがって / 寒くなるにしたがって
〜にしたら / 〜にすれば / 〜にしても 144	あの人の身にしたら / 私にしても同じ気持ちだ
〜にしては 145	外国人にしてはうまい
〜にしろ / 〜にせよ / 〜にもせよ 146, 147	与党にしろ野党にしろ / 何も知らなかったにせよ
〜にすぎない 148	一介の会社員にすぎない / 100字程度の漢字を覚えたにすぎない
〜に相違ない 151	あの人に相違ない / 国へ帰ったに相違ない
〜に沿って / 〜に沿い / 〜に沿う / 〜に沿った 149	ご希望に沿って / 政府の方針に沿った実施計画
〜に対して / 〜に対し / 〜に対しては / 〜に対しても / 〜に対する 150	目上の人に対して敬語を使う / 大国に対する反感
〜に違いない 151	中国人に違いない / 彼は知っているに違いない
〜について 152 / 〜につき 152, 153 / 〜については / 〜についても / 〜についての 152	日本の歴史について / A社の業績につき / 時事問題についての話 / 本日は祭日につき
〜につけ 154, 155, 156 / 〜につけては / 〜につけても 156	いいにつけ悪いにつけ / それにつけても
〜につれて / 〜につれ 157	体の老化につれて / 北の方へ進むにつれ
〜にとって / 〜にとっては / 〜にとっても / 〜にとっての 158	私にとって何よりうれしいことだ / 子供にとっては難しすぎる / 60歳以上の人にとっての戦後

2級機能語表

～に伴って／～に伴い／～に伴う 159	風に伴って雨も／戦争に伴う多大の犠牲
～に反して／～に反し／～に反する／～に反した 160	予想に反して／期待に反する結果
～にほかならない 161	この制度に対する反感の表れにほかならない／彼が祖国を深く愛しているからにほかならない
～に基づいて／～に基づき／～に基づく／～に基づいた 163	事実に基づいて書く／法律に基づく判断
～によって／～により 164,165／～によっては 165／～による 164,165／～によると／～によれば 166	努力によって克服する／憲法により、禁じられている／人によっては、反対するかもしれない／戦争による被害／天気予報によると／彼の説明によれば
～にわたって／～にわたり／～にわたる／～にわたった 167	5日間にわたって行われた会議／各科目にわたり、よい成績をとる／30年間にわたる戦争
～ぬきで／～ぬきでは／～ぬきに／～ぬきには／～ぬきの 168	本人ぬきで話す／財政問題ぬきの解決策はない
～ぬく 169	考えぬく
～の末／～の末に／～た末／～た末に／～た末の 82	大議論の末／悩みぬいた末の結論
～のみならず 171	父のみならず母までも／体が病弱であるのみならず何かをやり遂げようとする意志の力に欠けている
～のもとで／～のもとに 172	山田先生のご指導のもとで／親の保護のもとに
～ば～ほど 179	見れば見るほど
～ばかりか／～ばかりでなく 173	1年も2年もなおらないばかりか一生これに苦しめられることもある／英語ばかりでなくロシア語も

～ばかりに 174	あの魚を食べたばかりにひどい目にあった
～はともかく／～はともかくとして 175	その問題はともかく／彼のことはともかくとして
～はもちろん／～はもとより 176	日曜・祭日はもちろん土曜日も
～反面／～半面 177	一定の利益が見込める反面、大きな損失を招く恐れもある／収入が増える半面、自由時間は減るだろう
～べき／～べきだ／～べきではない 178	考えるべきこと／すぐ行くべきだ／今帰るべきではない
～ほかない／～よりほかない／～ほかはない／～よりほかはない／～ほかしかたがない 77	黙っているほかない／あきらめるよりほかはない／一生懸命頼んでみるほかしかたがない
～ほどだ／～ほど／～ほどの 61	寂しくて泣きたいほどだ／死ぬほどつらい／あの人ほどの美人はいない
～ほど 179	若い人ほど朝寝をする／練習するほど下手になることもある
～まい 180／～まいか 170	二度と行くまい／行こうか行くまいかと迷う／そんなことはあるまい／帰国したのではあるまいか
～向きだ／～向きに／～向きの 181	子供向きの本
～向けだ／～向けに／～向けの 182	留学生向けに編集された雑誌
～も～ば～も／～も～なら～も 183	歌も歌えば、ダンスも上手だ
～もかまわず 184	人目もかまわず
～もの 185	だって知らなかったもの
～ものがある 187	彼の音楽の才能には素晴らしいものがある
～ものか 186	あんな所へ二度と行くものか

2級機能語表

〜ものだ 85, 188, 189／ 〜ものではない 188	子供は早く寝るものだ／そんなこと をするものではない／一度行ってみ たいものだ／よく遊んだものだ
〜ものだから 190	出がけにお客が来たものだから
〜ものなら 191	行けるものなら行きたい
〜ものの 192	やってはみたものの
〜やら〜やら 193	本やらノートやらが／泣くやらわめ くやら
〜ようがない／〜ようもない 194	書きようがない／どうしようもない
〜ように 195	次のように／熱が下がるように注射 をする
〜わけがない／〜わけはない 196	彼がそんなことを言うわけがない
〜わけだ 197／〜わけではない／〜わ けでもない 198	1人1500円なら、8人だと12000円 になるわけだ／暑いわけだ。34度 もある／あなたの気持ちもわからな いわけではない
〜わけにはいかない／〜わけにもい かない 199	黙っているわけにはいかない
〜わりに／〜わりには 200	日本人のわりに／年をとっているわ りには
〜を〜として／〜を〜とする／〜を 〜とした 201	田中君をリーダーとしてサークルを 作った／社会奉仕を目的とする団体
〜をきっかけに／〜をきっかけとし て／〜をきっかけにして 202	先月の旅行をきっかけに
〜を契機に／〜を契機として／〜を 契機にして 203	株の暴落を契機として
〜をこめて 204	心をこめて／愛をこめて
〜を中心に／〜を中心として／〜を 中心にして 205	東京都を中心に／委員長を中心とし てまとまる

〜を通じて／〜を通して *206*	テレビのニュースを通じて／秘書を通して
〜を問わず／〜は問わず *207*	四季を問わず／性別は問わず
〜をぬきにして／〜をぬきにしては／〜はぬきにして *208*	山田氏をぬきにしては語れない／冗談はぬきにして
〜をはじめ／〜をはじめとする *209*	お母さんをはじめ、皆様によろしく／石川教授をはじめとする研究チーム
〜をめぐって／〜をめぐる *210*	増税の是非をめぐって／留学生をめぐる諸問題
〜をもとに／〜をもとにして *211*	本当にあったことをもとにして書かれた話

2級機能語表

～あげく (に) の

經過～結果（竟…）

[意味：～の結果；～した後、最後に…]
[接続：Nのあげく；Vた‐あげく]

「あげく」為形式名詞，前接耗神、冗長的過程，表示有了最後的結果。語意中含有對結果內容始料未及的感想。

[比較：～末(に)]

◇ 長時間にわたる議論のあげく、解決策は最後まで見つからなかった。

◇ 京子は浮気した彼と別れるかどうかさんざん悩んだあげく、結局別れないことにしたそうだ。

◇ あれだけ討論したあげくの結論がこれですか。

◆ 經過長時間的討論，最後還是沒能找出解決對策。
◆ 京子一直煩惱著是否要與花心的男友分手，聽說最後還是決定不分了。
◆ 那樣討論的結果，就是這個結論？

考古題

彼女はいろいろと悩んだ＿＿＿、結婚をやめてしまった。

1 反面　　　2 以上　　　3 とたん　　　4 あげく

（平成15年）

～あまり (に)

因為過於～

[意味：～すぎるので]

[接続：Nのあまり；Vる/Vた－あまり]

表示原因出於過度，前接感受或動作程度，解釋由於其狀態超出一般，所以造成後文的結果。常作負面用法。

[参見：辨析1]

◇彼は忙しさのあまり、とうとう過労で倒れてしまった。

◇彼女のことを心配するあまり、電話をかけすぎて嫌がられてしまった。

◇テスト中考えすぎたあまりに、簡単な問題まで間違えてしまった。

◆ 他由於太過忙碌，終於因過勞而累倒了。

◆ 因為過於掛念她，太勤於打電話而被討厭。

◆ 因為考試時想太多，所以連簡單的題目都答錯了。

考古題

試験の結果を気にする＿＿＿、夜眠れなくなってしまった。

1 まで　　　2 わけ　　　3 あまり　　　4 ばかり

（平成14年）

～以上（は）

既然～就…

[意味：～のだから、(当然…)]

[接続：Nである以上；V‐以上]

表示確認某項事實有作為理由的足夠正當性。常後接決心、主張等，表示認同隨之而來的責任義務。

[参見：辨析2]

◇学生である以上、学業を優先するべきだ。

◇試験を受けると決めた以上、一生懸命勉強して絶対合格しましょう。

◇たばこが健康の敵であることがはっきりしている以上、禁煙しないわけにはいかない。

◆ 既然是學生，就該以學業為重。

◆ 既然決定了參加考試，就要拼命努力地唸，一定要考上。

◆ 既然香菸是健康的大敵已是清楚明白的事，就非得戒菸不可。

考古題

いったん仕事を引き受けた＿＿＿、途中でやめることはできない。

1 わけは　　　2 以上は　　　3 はずは　　　4 しだいは

（平成13年）

～一方(で)^では

～的同時

[意味：～とともに；～と同時に]
[接続：Nである／NAな／Aい／Vる－一方]

「一方」為助詞，連接前後項並行不悖的現象，表示對比。後文常出現「も」相呼應。

[比較：～反面]

◇ 私と宮本君は親友である一方で、よきライバルでもある。

◇ 陳さんは仕事熱心な一方で、家族も大切にしているそうだ。

◇ 海外生活は楽しいことが多い一方、寂しく感じることもある。

◇ 仕事を持つ主婦は自分の仕事をこなす一方で、家族の世話もしなければならない。

◆ 我和宮本是好友，同時也是很好的競爭對手。
◆ 聽說陳先生熱中於工作的同時，也很重視家人。
◆ 海外生活有許多令人開心的地方，同時也有令人感到寂寞的時候。
◆ 職業婦女在做好份內工作的同時，也必須照顧好家人。

考古題

収入が減る＿＿＿、教育費などの支出は増えていくのだから、節約するしかない。

1 せいで　　　2 一方で　　　3 おかげで　　　4 ことで

（平成18年）

～一方だ

愈加～

[意味：ますます～していくばかりだ]

[接続：Vる－一方だ]

表示某項動作的程度一直加深，成為趨勢。常作負面用法。

◇物価は高くなる一方だ。

◇彼の病気はますます悪いらしく、やつれていく一方だ。

◇景気はおちこむ一方だが、景気対策は手詰まりだ。

◇文化や経済分野での日台交流は強まる一方だが、双方にはいまだに国交がない。

◆物價節節攀升。

◆他的病似乎日益惡化，愈加消瘦了。

◆景氣愈趨萎縮但苦無對策。

◆雖然在文化或經濟層面上台日交流日益頻繁，但雙方至今尚未有邦交。

考古題

ここ数年、この町の人口は減る＿＿＿＿。

1 上だ　　　2 一方だ　　　3 通りだ　　　4 代わりだ

（平成15年）

～以来 ^ て以来

自從～

[意味：～してから、（ずっと…）]
[接続：N以来；Vて‐以来]

❚ 「～以来」前接動作性名詞或動詞て形，表示自該動作完成至今的這段時間內，一直持續著後述現象。

◇ 大学卒業以来、彼とは会っていない。
◇ この商品は発売以来、ずっと売れ行きが伸びつづけている。
◇ 彼女に出会って以来、いつも彼女のことが頭から離れない。
◇ 台北に来て以来、スモッグのせいかずっと喉が痛い。

◆ 大學畢業之後就沒見過他。
◆ 這項商品自從推出以來，銷路一直節節上升。
◆ 自從遇見她之後，她的身影總在腦海中縈繞。
◆ 來到台北之後，不知是否是煙塵之故，喉嚨一直很痛。

考古題

今年は水不足になりそうだ。先月の初めに＿＿＿＿以来、ずっと晴れの日が続いている。

1 降って　　　2 降る　　　3 降った　　　4 降り

（平成11年）

～上(に)

不僅～

[意味：～である。それに…]
[接続：Nの上；NAな-上；Aい-上；V-上]

> 表示在前述狀況上作更進一步的添加，藉由羅列同類型的事例來強化原先的正負面評價。

[比較：～に加え(て)]

◇今年は酷暑の上に水不足だ。

◇あのすし屋の板前さんは腕がいい上に人柄もいい。

◇今日は宿題を忘れて先生に怒られた上に、帰り道で財布を落とした。全く最悪な一日だった。

◆ 今年不僅天氣炎熱，而且又缺水。

◆ 那家壽司店的師傅不僅手藝好，人品亦佳。

◆ 今天忘了帶功課挨了老師罵，回家的路上又掉了錢包，真是糟透的一天。

考古題

そのスポーツクラブは入会金が要らない＿＿＿、わが家から近い。

1 ために　　　2 ものの　　　3 うえに　　　4 ほどの

(平成18年)

～上で

在～層面上

[意味：～する過程で；～する場合は]
[接続：Nの上で；Vる-上で]

提示議題範圍，表示在執行某行為的過程或層面上如何如何。後文通常是「大切、注意、必要」等關於提醒的字眼。

[比較：～上では、～上(は)]

◇海外旅行する上で注意しなければならないのは安全の問題です。

◇業務の質及び能率を向上させる上で、様々な研究開発が不可欠だ。

◇結婚相手を選ぶ上での大切なことは人によって違います。

◇仕事の上でも、男女差別を感じたことがあります。

◆ 在海外旅行時，必須留意安全問題。
◆ 在提升業務的品質及效率上，各種的研究開發不可或缺。
◆ 選擇結婚對象上的重要條件會因人而異。
◆ 在工作上也曾感受到男女有差別。

～上で の

在～完了後

[意味：～した後、その結果によって…]
[接続：Nの上で；Vた-上で]

表示以完成前項為必要條件，才進行後續事情，常見
前接動詞た形。與類語「～後で」單純表示動作先後
順序的用法略有不同。

◇パスワード変更の上で、再操作してください。

◇この問題は上司と相談した上で、ご連絡します。

◇この商品は利用者の意見や要望を踏まえた上で、開発され
た。

◇これは一人でよく考えた上の結論です。

◆ 請在密碼變更後再操作。

◆ 這個問題將和上司商量過後回覆您。

◆ 這項商品是依據使用者的意見及希望而開發的。

◆ 這是一個人仔細思考後的結論。

考古題

それぞれの説明をよく聞いた＿＿＿、旅行のコースを選び
たいと思います。

1 うちに　　　2 うえで　　　3 ところに　　　4 おかげで

(平成13年)

～上では

從～上來看

[意味：～の情報によると]
[接続：Nの上では]

> 這裡的「上」意指表面，「～上では」可解釋作從事物的外表所得到的訊息是……。常作逆接用法，暗喻或明示實際上與此不同的看法。

[比較：～上で、～上（は）]

◇暦の上ではもう春ですね。

◇地図の上では近く見えるのですが、実際に歩いてみるととても遠いです。

◇数の上ではこちらが有利だが、勝負はしてみなければわからない。

◆(天氣還是很冷，但是)就日曆上來說，已經是春天了呢。

◆地圖上看起來雖然很近，實際走看看的話很遠。

◆就數量上來看我方雖然有利，但輸贏還得試試看才知道。

～上は

うえ

既然～就…

[意味：～のだから、(当然…)]

[接続：V–上は]

表示確認某項事實有作為理由的足夠正當性。常後接決心、主張等，表示認同隨之而來的責任義務。略為書面語。

[等同：～以上(は)、～から(に)は]

◇両親に大金を出してもらって留学する上は、なんとしても学業を収めなければならない。
たいきん がくぎょう おさ

◇男が一旦やると言った上は、何がなんでもやり遂げねばならない。
いったん と

◇親の反対を押し切って結婚した上は、君たちには幸せになってもらいたい。
はんたい お き しあわ

◆ 既然要向父母親拿一大筆錢去留學，就無論如何必須完成學業。

◆ 男子漢大丈夫一旦說了要做，就無論如何也得完成。

◆ 既然是不顧父母的反對而結婚的，就希望你們倆能幸福。

考古題

事態がこうなった＿＿＿は、もう彼一人に任せてはおけない。

1 まで　　　2 わけ　　　3 うえ　　　4 ほど

（平成11年）

★ ★ ★

～うち（に）

在～期間；趁～時

[意味：～間に]

[接続：Nの／NAな／Aい–うち；Vている／Vない–うち]

> 前接狀態或一段時間，表示時間點就落在前述狀況未生變的期間。後接無預期的事件時，表示意外性；接自主動作時，表示把握該期間內行動。

◇留守のうちに泥棒に入られた。

◇３日のうちにご連絡いたします。

◇テレビを見ているうちに寝てしまった。

◇祖母が元気なうちにいろいろな所へ連れていってあげたい。

◇先生が本気で怒らないうちに、早く謝ったほうがいいよ。

◆ 不在家的時候，遭小偷光顧了。

◆ 我會在三天內跟您連絡。

◆ 電視看著看著就睡著了。

◆ 趁著祖母身體還硬朗的時候，想帶她到各個地方走走。

◆ 趁著老師還沒真正動怒之前，早一點道歉比較好唷。

考古題

若い＿＿＿＿いろいろなことを経験させた方がいい。

1 くらいは　　　2 よりは　　　3 ほどは　　　4 うちは

（平成13年）

～うではないか ～じゃないか

一起～吧

[意味：一緒に～しよう；一緒に～しないか]
[接続：V＜意向＞-ではないか]

> 前接動詞意向形，表示積極邀請對方一同參與做某事，「～じゃないか」為口語說法。此主要為男性用語，女性一般是用「～ましょう」。

◇世界平和のために力をつくそうではないか。
◇冷静に頭を働かせようではないか。
◇今夜は朝まで飲み明かそうじゃないか。
◇無駄な争いはやめようじゃないか。

◆ 讓我們為世界和平盡一份心力吧！
◆ 讓我們冷靜地思考吧！
◆ 今晚一起暢飲到天明吧！
◆ 讓我們停止無謂的爭執吧！

考古題

この本にのっているレストランはとてもおいしそうだ。
みんなで＿＿＿＿。

1 行ってみようじゃないか　　2 行くわけがない

3 行っているどころではない　　4 行くほどではない

（平成16年）

～得る

能夠～

[意味：～可能性がある；～できる]
[接続：R-得る]

> 前接動詞連用形，表示某項動作可以成立，或有實現
> 的可能性。「得る」亦可讀作「うる」，但否定形與
> 過去式只能讀作「えない」和「えた」。

◇イタリアが負けるなんて、そんなことがあり得るのですか。

◇彼女の美しさは言葉で表現し得るものではない。

◇彼が泥棒するなんてあり得ない。

◇あの試合は誰も予想し得ない結果に終わった。

◆ 說什麼義大利會輸，真會有那種事嗎？

◆ 她的美，無法以言語形容。

◆ 他才不會偷東西。

◆ 那場比賽以誰也料想不到的結果告終。

考古題

彼の取った態度は、わたしには十分理解＿＿＿＿ものであっ
た。

1 させる　　　2 しぬく　　　3 する　　　4 しうる

（平成11年）

～おかげで＾だ

多虧～

[意味：～の助けがあったので]
[接続：Nの/NAな/Aい/V-おかげで]

表示感謝某項原因，慣用句「おかげさまで」即是源自此義。少數情形下作負面解釋，此時語帶反諷，怪罪的語氣更勝反義詞「～せいで」。　　[比較：～せいで]

◇これもすべてあなたのおかげです。
◇日本は海に囲まれているおかげで、一年中新鮮な魚を食べることができます。
◇彼に邪魔されたおかげで、僕たちのデートはさんざんなものになってしまった。

◆ 這也全都是託您的福。
◆ 日本拜四面環海之賜，整年都可以吃到新鮮的魚。
◆ 拜他搗亂之賜，我們的約會變得一團糟。

--- 考古題 ---

家の近くに新しい駅ができた＿＿＿＿便利になってうれしい。

１ ためには　　２ おかげで　　３ せいで　　４ ためで

（平成14年）

～おそれがある

有～之虞

[意味：～（よくないことが起こる）可能性がある]

[接続：Nのおそれがある；Vる-おそれがある]

書面語。表示有疑慮，擔心會有某種不好的事情發生。
「おそれ」可寫作「恐れ」。

[比較：～かねない]

◇阿蘇山は噴火のおそれがあるので、付近の住民はすべて避難させられた。

◇この薬は副作用のおそれがあるので、説明書を必ず読んでください。

◇喫煙は肺がんだけでなく、不眠症と記憶力低下をひきおこす恐れもある。

◆ 阿蘇山恐有爆發之虞，附近的居民全部被迫疏散避難。

◆ 此種藥品恐有副作用之虞，請務必閱讀說明書。

◆ 抽菸不只會有肺癌，也有可能引起失眠及記憶力減退。

考古題

大雨が降ると、あの橋はこわれる＿＿＿＿。

1 ものがある   2 ことはない

3 恐れがある   4 限りではない

（平成15年）

～か～ないかのうちに

就在～的同時

[意味：～する同時に；～した同時に]
[接続：Vる/Vた-か　Vない-かのうちに]

表示就在某個動作似發生未發生的瞬間。強調後項動作的時間點幾乎和前項動作同時、沒有間隔。

[比較：～(か)と思うと]

◇彼はよほどお腹_{なか}がすいていたのか、12時になるかならないかのうちに弁当を買いに走って行った。

◇新しい学校に期待_{きたい}してか、子供は「行ってきます」と言ったか言わないかのうちに飛び出していきました。

◇この店は注文_{ちゅうもん}したかしないかのうちに、料理が出てくる。

◆ 不知道他是不是肚子很餓的關係，一到12點就衝去買便當了。
◆ 不知道是不是很期待新學校，這孩子才剛說「我走囉」就衝出家門了。
◆ 這家店一點完菜，菜就會立刻端上桌。

考古題

ピクニックの日の朝、娘はとてもうれしそうにしていた。「いってきます」と言い終わるか終わらない＿＿玄関_{げんかん}を飛び出していった。

1 かのように　　　　2 ようにして
3 かのうちに　　　　4 ままにして　　　　（平成11年）

～限り（で）^ では

就～來說

[意味：～範囲で判断すれば]

[接続：Nの限り；Vる／Vている／Vた−限り]

「限り」表示限定，與「で」連用時意指限定的手段範圍，前接情報、認知時，表示憑藉其有限的依據下判斷、提出看法。用於保守聲明。

◇今回の調査結果のかぎりでは、インターネットの利用者は今後ますます増えていきそうだ。

◇私の知っているかぎり、鈴木さんがそんなことをするはずがありません。

◇ちょっと見たかぎりでは、なかなか感じのいい人だ。

◆ 若就此次的調查結果來說，網際網路的使用者今後似乎會越來越多。

◆ 就我所知，鈴木先生應該不會做那樣的事。

◆ 就第一印象來說，是個感覺還不錯的人。

考古題

私の見る＿＿＿＿、彼は信頼できる人物だ。

1 ほどでは 　　　　2 だけでは

3 とおりでは 　　　4 かぎりでは

（平成13年）

～限り（は）

只要～就…

[意味：～間は；～ていれば、いつも…]

[接続：Nである−限り；NAな−限り；
　　　 Aい−限り；Vる／Vている／Vない−限り]

前接狀態作為條件，強調只要該狀態不改變，後文情形就會一直成立。前接否定形時，意思是「若不～的話」。

◇体が丈夫なかぎり、いつまでも働き続けたい。

◇ここにいるかぎり、安全です。

◇自分が一番正しいと思っているかぎり、他人の意見に耳を傾けることなどできないだろう。

◇自分から話しかけないかぎり、誰も君に話しかけてこないよ。

◆ 只要身體健康，就想一直繼續工作下去。
◆ 只要在這裡就安全。
◆ 光想著自己最正確，是無法傾聽他人的意見吧。
◆ 若是自己不主動跟人攀談的話，誰也不會來跟你講話的。

考古題

この地方は人口がだんだん減っていて、何か対策を立てない限り、今後も増えることは＿＿＿。

1 ないだろう　　　　　2 あるだろう

3 あるかもしれない　 4 ならないだろう

（平成12年）

～かける・～かけ<u>だ</u>^の

①～到一半　②快要～

[意味：①～している途中　②～しそうだ；もうすぐ～する]
[接続：R−かける/かけ]

前接動詞連用形，表示①該動作開始但未完成的狀態；②該動作狀似就要發生，此時多為非意志動詞。「～かけ」為「～かける」的衍生形式，可視同名詞。

◇彼女は何か言いかけて、あわてて出ていってしまった。（①）

◇やりかけの仕事があるので、残業（ざんぎょう）しなければならない。（①）

◇その漫画はまだ読みかけだから貸さないよ。（①）

◇こんな崩（くず）れかけたホテルには泊まれない。（②）

◆ 她話沒說完就慌慌張張離開了。
◆ 還有做到一半沒做完的工作，所以得加班才行。
◆ 那本漫畫還沒讀完，所以不借啦。
◆ 這種快要崩塌的飯店不能住人。

考古題 ◯

テーブルの上においた読み＿＿＿の本を母がかたづけてしまった。

1 つつ　　　2 かけ　　　3 ながら　　　4 ちゅう

（平成10年）

～がたい

令人難以～

[意味：～するのは難しい；～するのは不可能だ]
[接続：R-がたい]

前接動詞連用形，表示心理上認為該動作在實現上有困難。主要是說話者個人的主觀感受。

[比較：～かねる]

◇彼の横柄な態度はどうにも許しがたい。

◇彼の言うことは本当に理解しがたい。

◇戦場には想像しがたい現実がある。

◇いくらファックスやＥメールが主になっても、やはり手紙の心温まるやりとりは捨てがたい。

◆ 他傲慢無禮的態度，實在令人難以原諒。
◆ 他說的話，真是令人難以理解。
◆ 戰場上有著令人難以想像的現實。
◆ 儘管傳真或電子郵件已蔚為主流，還是難以捨棄書信往返的溫馨感。

考古題

どのコンピュータを買ったらよいか、なかなか一つには＿＿＿＿。

1 決めがたい　　　　　2 決めかねない

3 決めるしかない　　　4 決めてたまらない

(平成15年)

～がちだ の

老是～

[意味:～の状態になりやすい;どうしても、つい～してしまう]
[接続:Nがち;R-がち]

▌前接名詞或動詞連用形，表示人或事物經常或輕易就
出現某種不好的現象。

[比較：～気味]

◇私は子供の頃、病気がちであまり学校にも行けませんでした。

◇台北は夏は蒸し暑くて過ごしにくく、冬は曇りがちの天
気が続けて寒い。

◇水や空気は私たちの生活になくてはならないものだが、
人間はその存在を忘れがちだ。

◆ 我小時候老是生病，連學校都不太能去。
◆ 台北的夏天悶熱得令人難受，冬天又老是持續陰沉的天氣冷颼颼的。
◆ 水與空氣是我們生活中不可或缺的東西，但人們卻經常容易忘了它們
的存在。

考古題

通勤に車を使っていると、運動不足に＿＿＿＿。

1 しそうだ　　　　2 なりがちだ

3 なるせいだ　　　4 するべきだ

(平成17年)

〜かねない

難保不〜

[意味：〜かもしれない；〜しないとは言えない]
[接続：R-かねない]

前接動詞連用形，表示不樂觀的推斷，亦即無法排除某種不令人樂見的結果發生的可能性。

[比較：〜おそれがある]

◇そのゴミ処理場建設は周辺地域の環境を破壊しかねません。

◇小さなミスが大事故を起こしかねないのだ。日ごろから十分に注意しなければならない。

◇世界情勢は緊迫感を増し、今にも第三次世界大戦が勃発しかねない状況にある。

◆ 那個垃圾處理場的興建難保不會對周邊區域的環境造成破壞。

◆ 小錯誤難保不會引發大事故，平常就得十分注意才行。

◆ 目前的世界情勢日益緊張，難保不會立即爆發第三次世界大戰。

考古題

大騒ぎになり＿＿＿＿から、結婚のことはしばらく言わない方がいい。

1 きれない　　2 きれる　　3 かねない　　4 かねる

(平成14年)

～かねる

礙難～

[意味：～できない；～しにくい]
[接続：R－かねる]

> 前接意志動詞連用形，表示基於不易啟齒的理由，個人理智上認為難以辦到。說法正式，有時亦可用於委婉的拒絕。

[比較：～がたい]

◇客　　：「席、窓側にしてもらいたいんですけど…」
　係り員：「申し訳ございません。あいにく本日は満席でお客様のご希望に応じかねます。」

◇彼女と結婚したいと思っているが、僕の仕事や収入のことを考え、どうしてもプロポーズしかねている。

◆ 客人：「我想坐到窗邊的座位……」
　服務人員：「真抱歉，不巧今天客滿，恕難按照您的希望。」
◆ 我雖然想和她結婚，但一想到我的工作及收入，就怎麼也開不了口向她求婚。

考古題

面接試験ではどんな質問が出るのかと聞かれたが、そのようなことを聞かれてもちょっと＿＿＿。

1 答えきらない　　　　2 答えきれる

3 答えかねない　　　　4 答えかねる

（平成11年）

～かのようだ _{な・に}

彷彿～

[意味：（本当は～ではないのに）～ようだ]

[接続：Nであるかのようだ；V-かのようだ]

前接假想的比喻例，形容宛如真有其事。「～かのようだ」之前的動詞常用た形。

◇昨日の交通事故は夢の中の出来事であるかのように思える。

◇雨も風も勢いを増してきた。まるで台風が来たかのようだ。

◇山本さんに話すと、今初めて聞いたかのような顔をしたが、本当は知っていたはずだ。

◇何も知らないくせに、何でも知っているかのように話すな。

◆ 昨天的車禍，想起來就像夢中發生的事一般。

◆ 風勢雨勢都增強，彷彿颱風來了的樣子。

◆ 我一跟山本小姐說，她雖然一副第一次聽見的表情，卻理應早就知道。

◆ 實際上什麼都不知道，就別裝做一副什麼都知道的樣子說話。

考古題

この人形はとてもよく作られていて、＿＿＿。

1 生きているかのようだ　　2 生きていそうもない

3 生きざるをえない　　　　4 生きるものか

（平成16年）

★★ ～から～にかけて

從～到～一帶

[意味：～から～までの間]
[接続：NからNにかけて]

> 表示時間或空間區段的籠統界定，泛指某區間。類語「～から～まで」的界定較為明確。

◇渡り鳥は秋から冬にかけて日本の東北地方へやってきます。

◇父は1997年から1999年にかけての2年間、台北で駐在員として働きました。

◇JR線は大雪のため、名古屋から大阪にかけてダイヤが大幅に乱れています。

◆ 候鳥在秋冬之際飛來日本的東北地方。
◆ 父親自1997到1999的兩年之間，駐派在台北工作。
◆ JR線因為大雪的緣故，名古屋到大阪的發車時刻大亂。

考古題

あの鳥が日本で見られるのは、11月から3月＿＿＿です。

1 にかけて　　　　2 をかねて
3 にそって　　　　4 をめぐって

(平成18年)

～から言うと ^ 言えば・言ったら・言って

就～來說

[意味：～の面から判断すると]
[接続：Nから言うと]

表示切入事物的層面，針對該事項發表後述看法。亦可表示站在某個發話觀點，此時前項可解釋為立場。

[比較：～からすると、～から見ると]

◇鈴木さんは能力から言うとすばらしい人なのだが、態度がいいかげんなので社内ではあまり評価されていない。
◇原則から言えばこのやり方は効率的とは言いがたいです。
◇私の立場から言って、今回のことを黙って見過ごすわけにはいかないのです。

◆ 鈴木先生就能力來說是優秀的人才，但是因為態度草率，在公司內部的評價並不佳。
◆ 原則上，這種做法難以稱得上有效率。
◆ 就我的立場來說，我不能對這次的事默不做聲、視而不見。

考古題

現状＿＿＿、直ちにその計画を実行するのは無理だ。

1 だけあって　　　　2 から言って
3 ともあって　　　　4 とは言って

（平成11年）

2級文法一把抓

～からして

光是從～來看

[意味：～（代表的な例）だけから判断して]
[接続：Nからして]

▌表示例示。針對欲評論的對象，取其整體中的一項作為代表例，意指其他部分就不用說了。

◇宮崎さんのプランは、その発想からして独特だ。

◇この店は店員さんの態度からして気に入らない。

◇この会社は上司からして時間にルーズだ。社員に時間を守れと言っても無駄だろう。

◇台湾と日本の礼儀作法はずいぶん違う。お辞儀の仕方からして違っている。

◆ 宮崎先生的計劃，光從構想來看就很獨特。
◆ 這家店從店員的態度開始就令我不滿意。
◆ 這家公司連主管都欠缺時間觀念了，叫員工要守時恐怕沒用吧。
◆ 台灣與日本的禮儀習慣相當不同，光從行禮的方式來看就不一樣。

―― 考古題 ――

私は彼のことが大嫌いだ。彼の話し方や服装からして＿＿＿＿＿。

1 がまんならない　　　　2 困ってはいない

3 理解せざるをえない　　4 ゆるすことができる

(平成15年)

～から**すると** [^] すれば・したら

根據～；就～來看

[意味：～から判断すると]
[接続：Nからすると]

前接線索或依據，表示據此做出後述判斷。當前接「考え方、予想……」時，亦可作立場解釋，此時用法類似「～から見ると」。

[比較：～から言うと、～から見ると]

◇彼女の話からすると、このことはもう皆知っているようだ。

◇社会の常識からすると、彼の行為は決して礼儀をわきまえているとは言えない。

◇あの人の性格からすれば簡単に許してくれそうにない。

◇私の考え方からすると、この論文の記述そのものが矛盾だと思う。

◆ 從她的話聽起來，這件事好像眾所皆知了。
◆ 就社會常理而言，他的行為絕稱不上合乎禮儀。
◆ 若從那個人的性格來判斷，似乎不會輕易原諒我(們)。
◆ 就我的想法，我認為這篇論文的敘述本身有矛盾。

考古題

さっきの態度から＿＿＿、あの人はあやまる気は全然なさそうだ。

1 すると　　2 いると　　3 あると　　4 くると

(平成13年)

～からといって

雖說～（不見得就…）

［意味：～という理由で、（…というわけではない）］
［接続：Nだ/NAだ/Aい/V–からといって］

後接否定表現，表示前述事項不足以成為後項成立的
絕對理由。常與「～わけではない、～とは限らない」
搭配使用。

◇警察だからといって何をしてもいいわけではない。

◇学歴が高いからといって能力があるとは限らない。

◇台湾に10年住んでいるからといって台湾語がわかるとい
　うわけではない。

◇勉強ができないからといって不良だと決めつけるのはひ
　どすぎる。

　　◆ 不是說警察就可以為所欲為。
　　◆ 學歷高未必見得就有能力。
　　◆ 在台灣住了10年卻未必表示就一定懂台語。
　　◆ 斷定人家是因為不會唸書才變成不良份子，真過分。

～から(に)は

既然～就…

[意味：～のだから、(当然…)]
[接続：V-からは]

> 表示認定前項既定事實有作為理由的足夠性，常後接決心、主張等，表示認同隨之而來的責任義務。

[等同：～以上(は)、～上は]

◇やるからには最後までやりぬくべきだ。

◇オリンピックに参加するからにはぜひともメダルをとってもらいたい。

◇彼女と約束したからは守らないわけにはいかない。

◆ 既然說了要做，就應堅持到底。

◆ 既然要參加奧運，就希望你一定要拿到獎牌。

◆ 既然跟她約定了，就沒有不遵守的道理。

考古題

いったん引き受けた＿＿＿納得できる仕事をしたい。

1 からといって　　　2 からには
3 かと思うと　　　　4 かといって

(平成18年)

～から見ると ～見れば・見たら・見て

以～來看

[意味：～の立場に立って考えると]
[接続：Nから見ると]

> 前面可接人或事物，表示從某人或事物的立場提出後述看法。亦可表示切入事物的層面，用法類似「～から言うと」。

[參見：辨析3]

◇ 日本人はおかしいと言いますが、日本人の私から見るとあなたのほうがよっぽどおかしいですよ。

◇ 私たちが当然だと思っていることも、イスラム教から見れば戒律に反することがあるのです。

◇ 母親であるあなたから見て、最近の子供をどう思われますか。

◆ 說我們日本人奇怪，在身為日本人的我看來，你才真是奇怪呢。
◆ 我們認為理所當然的事，有些從回教看來卻是違反戒律的事。
◆ 從身為母親的角度來看，您覺得最近的小孩如何？

考古題

生け花を習い始めて10年目になる田口さんは、自分ではまだまだ下手だと言っている。しかし、まだ2年目のわたし＿＿＿あの人の作品は実に見事なものだ。

1 にしては	2 から見るより
3 にするなら	4 から見れば （平成12年）

～かわりに

代替～；不～改以…

[意味：～の代理として；～の選択肢をしないで、…する]

[接続：Nのかわりに；V-かわりに]

表示原本的選項，例如某人、某事物或動作，改由另一選項代替。

[比較：～にかわって]

◇明日の町内会議は私のかわりに娘が出席させていただきます。

◇映画を見に行こうと思ったら雨が降り出したので、出掛けるかわりに、うちでDVDを見ることにしました。

◇最近は受験勉強のために学校へ行くかわりに、塾へ行く子供もいるそうだ。

◆ 明天的里民大會請容小女代我出席。

◆ 正想去看場電影的時候下起雨來了，因此不出門，改在家裡看DVD。

◆ 聽說最近有些小孩為了應考，不去學校而改去補習班唸書。

考古題

ノートを貸してもらった＿＿＿、昼ごはんをごちそうしよう。

1 きり　　2 あげく　　3 かわりに　　4 ところに

（平成16年）

～気味(ぎみ)

略微～

[意味：少し～の感じがする]
[接続：N気味；R-気味]

❚❚ 前接名詞或動詞連用形，表示感覺到人或事物出現某種徵兆或輕微現象，多作負面用法。

[参見：～がちだ]

◇ちょっとかぜ気味なので早めに帰らせてもらえませんか。

◇最近疲れ気味で、体がだるい。

◇夫はこのごろ太り気味だ。

◇現内閣(げんないかく)の支持率(しじりつ)は２ヶ月前と比べると下(さ)がり気味だ。

◆ 我好像有點感冒，可以讓我早點走嗎？
◆ 最近有點累，全身懶洋洋的。
◆ 我先生這一陣子有點發福。
◆ 目前內閣的支持率與兩個月前相較有下滑的趨勢。

考古題

このところ忙しくて少し疲え＿＿＿＿から、今日は早く帰ることにした。

1 ぎみだ   2 かねる   3 っぽい   4 うる

（平成16年）

～きり（だ）

～之後就（沒有…）

［意味：～して、そのまま…］

［接続：Vた－きり］

前接動詞た形，表示該行為意外成為最後的結果，沒有後續下文。常後接否定。

◇彼女には去年お会いしたきりです。

◇彼は10年前外国へ行ったきり、帰ってこない。

◇息子からは何日か前に電話があったきり、連絡が途絶えてしまった。

◆ 和她最近一次的見面是在去年。

◆ 他10年前去國外之後就沒再回來。

◆ 前幾天接到兒子的電話之後，就音訊全無。

考古題

本田さんとは20年前に一度会った＿＿＿＿。

1 ことだ　　　2 きりだ　　　3 ほどだ　　　4 ばかりだ

（平成15年）

～きる ^きれる

①～完　②～極了

[意味：①完全に～する　②非常に～する]
[接続：R-きる]

前接動詞連用形，表示該動作徹底完結。①接續意志動詞時，習慣上與數量搭配，表示終結該數量；否定形為「～きれない（×～きらない）」。②接續非意志動詞時，表示該動作的狀態達到極限。

◇ラーメンを10杯食べきったらお代はいただきません。（①）

◇こんなにたくさんのお酒、飲みきれないよ。（①）

◇大雪の中をこの荷物を背負って歩き回れば、疲れきるのも無理はないよ。（②）

◆ 拉麵吃完10碗的話，不收錢。
◆ 這麼多酒，喝不完的啦。
◆ 在大雪中背著這件行李走來走去，怪不得累壞了。

考古題

たった１回の授業では、とてもこの本の内容を説明＿＿＿。

1 しうる　　　　　　2 しそうだ
3 したはずだ　　　　4 しきれない

（平成15年）

～くせに

明明～卻…

[意味：～のに]

[接続：N／NAな／Aい／V-くせに]

> 表示針對觀察到的事實(=後項)，提出認為不相稱的具
> 體理由(=前項)。常見於批評行為上的不一致，為口語
> 用法。比類語「のに」多了輕蔑或挖苦的語氣。

◇あいつは新人のくせに挨拶ひとつしない。

◇彼女のことが本当は好きなくせに、口では嫌いだと言っ
ている。

◇何も知らないくせに、知ったようなふりをするな。

◆ 那傢伙不過只是個新人，卻連句招呼都不打。
◆ 雖然實際上是喜歡她的，嘴上卻說討厭她。
◆ 什麼都不知道就別裝出一副知道的樣子。

考古題

姉は食事のことで文句ばかり言っている＿＿＿、自分では
何も作らない。

1 ことだから　　　　2 おかげで

3 ものだから　　　　4 くせに

（平成17年）

～くらい（だ）^ ぐらい・ほど

像～那様；簡直～

［意味：～程度］
［接続：N/NAな/Aい/V-くらい］

▍表示程度上足以用某項具體事例來形容。當舉例事項過於極端時，只適合作「～ほど」。

◇君までそんなことを言い出すなんて、もう泣きたいぐらいだよ。（＝ほど）

◇合格通知（ごうかくつうち）を見て飛び上がるぐらいうれしかった。（＝ほど）

◇先生ぐらい英語ができたらいいのにな。（＝ほど）

◇死ぬほど辛いことがあっても、時間が解決（かいけつ）してくれます。（≠くらい）

◆ 連你都那樣說，真的讓我好想哭哦！
◆ 看到及格通知，真的讓我高興到要跳起來。
◆ 如果我的英語能有老師的程度該有多好！
◆ 即使難過得要死，時間也會解決一切。

考古題

彼の話は非常に感動的で、聞いている人すべてが涙を浮かべ＿＿＿。

1 すえだった　　　　2 ほどだった

3 ばかりだった　　　4 ほうだった

（平成16年）

～げ

狀似～

[意味：～そうな様子]

[接続：Nげ；NA-げ；A-げ]

「～げ」漢字寫成「気」。可接於名詞、形容詞語幹之後，作名詞或ナ形容詞使用，形容人或事物的外表給人的感覺。情感性名詞時慣常作「Nありげ」的形式。

◇彼女は寂しげにうつむいた。

◇夫は何か言いたげに私の顔を見た。

◇説明を聞いても住民の不安げな様子は変わらなかった。

◇彼は不満ありげな顔をしている。

◇最近の大人は大人げがないね。

◇近くの店で良さげなものを発見した。

◆ 她狀似落寞地低下頭來。

◆ 我先生好像想說什麼似地看著我的臉。

◆ 即使聽了說明，居民不安的樣子還是沒有改變。

◆ 他一臉不滿的表情。

◆ 最近的大人真沒有大人的樣子呢！

◆ 在附近的商店裡發現了看起來不錯的東西。

～こそ

就是～；～才是

[意味：～の強調]
[接続：Nこそ]

強調不是其他。衍生用法「からこそ」為強烈的主觀原因認定，表示「正因為～才…」，前接子句，常以「のだ」結尾。

◇「いつもお世話になっております。」「こちらこそ。」
◇今年こそ合格するぞ。
◇あなたこそ私が探していた理想の人だ。
◇彼の努力があったからこそ、今の私たちの生活があるのです。

◆「老是承蒙您照顧。」「我才是。」
◆我今年一定要考上！
◆你就是我尋尋覓覓理想中的人。
◆正因為有他的努力，才有我們今日的生活。

考古題

好きなことを職業にする人が多いが、私は映画が＿＿＿、職業にはしないことにした。

1 好きなどころか　　　　2 好きなわりには

3 好きだからこそ　　　　4 好きというより

（平成17年）

～ことか

不知多麼～；真是～啊

[意味：非常に～のだ]

[接続：NAな/Aい/V-ことか]

> 前面須搭配「どんなに」「いかに」「なんと」等含疑問詞的程度副詞或是疑問數量詞「何～」，表示不知如何談起，感嘆程度之甚。

◇見て見ぬふりとは、なんと卑怯^{ひきょう}なことか。

◇彼女がこの事を知ったらどんなに喜ぶことか。

◇この話を何度したことか。彼はまだわかっていない。

◇彼を何時間待ったことか。

- ◆ 看見了卻裝做沒看到，真是怯懦啊！
- ◆ 她要是知道這件事的話，不知會有多開心！
- ◆ 這些話不知講過幾次了，他還是不懂。
- ◆ 我等了他好幾個小時了！

考古題

悪い点を注意する親が多いが、子どもにとっては、ほめられたほうがどれだけうれしい＿＿＿＿。

1 ものだ　　2 そうか　　3 ことか　　4 はずだ

(平成17年)

～ことから

由於～

[意味：～が原因で]
[接続：N（であること）から；NAな/Aい/V－ことから]

> 說明由來或根據，解釋後述事件或現象的成因。「こと」為抽象名詞，意指「事情」，當前接的名詞為事件時則直接作「Nから」。

◇子どもの火遊びから火事になった。
◇静岡は気候が温暖なことから、古くからお茶の生産が盛んだ。
◇消費者の多くが女性であることから，女性を念頭に置くのは当然のことである。
◇あの山は花が咲かないことから「はななし山」と呼ばれるようになった。

◆ 因為小孩子玩火而釀成火災。
◆ 由於靜岡的氣候溫暖，自古就盛產茶葉。
◆ 由於消費者多半是女性，所以留意女性是理所當然的事。
◆ 由於那座山不開花，故稱作「無花山」。

―― 考古題 ――

都心では子供が少なくなってきている＿＿＿から、学校の数も減りつつある。

1 うえ　　　2 もの　　　3 こと　　　4 ため

(平成11年)

～ことだ

最好是～

[意味：～したほうがいい]
[接続：Vる/Vない－ことだ]

接在具體建議之後，表示個人認為最佳的處理辦法。可間接作忠告使用；為「～ほうがいい」的直接了當說法。前接否定形時，意指「最好不要～」。

◇ 何でも人に聞かないでまずは自分でやってみることです。
◇ 合格_{ごうかく}したいなら、とにかくこの本をしっかり読むことです。
◇ 「触_{さわ}らぬ神_{かみ}にたたりなし」というじゃないか、余計_{よけい}なことはしないことだよ。

◆ 別什麼都問別人，最好自己先做做看。
◆ 想及格的話，總之最好先好好地讀這本書。
◆ 不是有句話說：「多一事不如少一事」嗎？最好別多管閒事。

考古題

体をじょうぶにしたかったら、好ききらいをしないで何でも食べる＿＿＿。

1 そうだ　　2 せいだ　　3 ことだ　　4 おかげだ

（平成13年）

～ことだから

因為是～嘛

[意味：～だから]
[接続：Nのことだから；V-ことだから]

前接談話雙方都熟悉的話題對象，多半為人，表示因此做出接下來的結論並不奇怪。「こと」指的是該話題對象給人的既定印象。

◇彼のことだから、きっと今日も遅刻だろう。
◇頑固な父のことだから、許してくれないだろう。
◇役人のすることだから、効率は期待しない方がいいよ。
◇彼女が言うことだから、信じていいものかどうか…。

◆ 他這個人今天一定又會遲到吧。
◆ 我那頑固的父親，大概不會原諒我吧。
◆ 因為辦事的是公務員嘛！所以，還是別期待有什麼效率吧。
◆ 因為是她說的話嘛！不曉得能不能相信……。

考古題

「山本さんは遅いですね。」
「ええ。でも、まじめなあの人＿＿＿必ず来ますよ。」

1 からみれば　　　2 のことだから
3 のことでも　　　4 からみても

（平成11年）

～ことなく

不曾～；沒有～

［意味：～しないで、…する］
［接続：Vる-ことなく］

> 強調在某項動作未曾發生的狀態下，完成後述動作。
> 「～ないで」「～ずに」的書面用語。

◇学生時代の友情(ゆうじょう)はいつまでも変わることなく続いている。

◇ひどいかぜをひいて何日も寝込(ねこ)んだが、期末(きまつ)テストは欠席(けっせき)することなく受けることができた。

◇私はいつまでも彼の後ろ姿(うしろすがた)を見ていたが、とうとう一度もふりかえることなく行ってしまった。

◆ 學生時代的友情永遠持續不變。
◆ 雖然得了重感冒躺了好幾天，但期末考還是沒缺席，能去考試。
◆ 我一直望著他的背影，但最後他卻一次頭也沒回地走了。

考古題

山川さんは20年間休む_____会社に通った。

1 ものなく 　　 2 ほどなく 　　 3 ことなく 　　 4 わけなく

（平成10年）

～ことに（は）

令人～的是

[意味：非常に～；ずいぶん～]

[接続：NAな–ことに；Aい–ことに；Vた–ことに]

第一人稱用於説明内心深刻感受的事，「～ことに」前面提示心情，後面説明事情的内容。

◇残念なことに、あの人には会えなかった。

◇うれしいことに、彼女はもうすぐ退院できそうだ。

◇驚いたことには、彼女と彼は知り合いだった。

◇困ったことに、子供たちは新しい先生があまり好きではないようだ。

◆ 令人遺憾的是沒能見到那個人。

◆ 令人高興的是她好像很快就能出院了。

◆ 令人吃驚的是她和他居然認識。

◆ 令人困擾的是孩子們好像不太喜歡新老師。

考古題

興味深い＿＿＿＿、昔のおもちゃが再び流行しているそうだ。

1 ように　　2 ことに　　3 ところに　　4 わけに

（平成11年）

～ことになっている と

規定～

[意味：～の規則・予定・習慣・風習がある]
[接続：Nという/Vる/Vない－ことになっている]

> 表示前述事項為規定、慣例，或已經定案必須遵守的約定、計畫等。

◇ 原則として不正を行った者は失格ということになっている。

◇ 台湾では国民全員が健康保険に加入することになっています。

◇ 斉藤さんは社長のヨーロッパ出張に同行することになっています。

◇ 日本語では正式な文章の中で「？」は使わないこととなっています。

◆ 原則上規定作弊的人將失去資格。
◆ 在台灣全民都須參加健康保險。
◆ 齊藤先生預定將隨總經理一同到歐洲出差。
◆ 日文正式的文章裡不使用「？」。

考古題

この部屋には、関係者以外入ってはいけない＿＿＿。

1 ことではない　　　2 ことになっている

3 ことでもない　　　4 ことにあたっている

（平成13年）

～ことはない

不必～；用不著～

[意味：～しなくてもいい；～する必要はない]
[接続：Vる－ことはない]

> 表示大可不必或沒有必要，前接說話者認為不須做的
> 行為。常用於勸告或安慰他人時。

◇A：この子ちょっと落ち着きがないような気がするんですが。

　B：このくらいの子どもならみんな同じです。心配すること
　　　はありませんよ。

◇これはみんなの問題なんだから、あなた一人で悩むことは
　ない。

◇悪いのはお互いさまなのだから、君が謝ることはないよ。

◆ A：我總覺得這個孩子好像有點心浮氣躁呢。
　　B：這個年紀的孩子都這樣，不必擔心啦。
◆ 這是大家的問題，你用不著一個人煩惱。
◆ 我們雙方都有錯，你用不著道歉。

考古題

毎日遅くまで、必死に頑張る＿＿＿。そんなことをして、
体をこわしては意味がない。

1 べきだ　　　　　2 つもりだ

3 ことはない　　　4 にちがいない

（平成16年）

～際（さい）（に）^ は・には

～時

[意味：～時]

[接続：Nの際；V-際]

┃「～とき(時)」的書面語，表示在某個「時候」。

[比較：～に際し(て)]

◇近くへお越しの際はぜひお立ち寄りください。

◇非常の際にはこのボタンを押してください。

◇台北へいらっしゃる際にはぜひご連絡ください。

◇先日日本へ帰国した際、学生時代の友人に会いました。

◆ 有到附近時，請務必來走走。

◆ 緊急時，請按下這個按鈕。

◆ 來台北的時候，請務必與我聯絡。

◆ 前些日子回日本的時候，與學生時代的朋友見了面。

── 考古題 ──

館内を＿＿＿際には、写真さつえいはご遠りょください。

1 見学する　　　2 見学して

3 見学し　　　　4 見学しよう

（平成11年）

～最中（に）＾だ
さいちゅう

[意味：ちょうど～している時に]
[接続：Nの最中；Vている‐最中]

┃強調某件事正在進行中時，發生其他的事。後文通常
┃是意外狀況或不宜的突兀行為。

◇デートの最中にほかの女の子に見とれるなんて失礼だわ。
◇携帯電話で話すのはやめてください。今は講義の最中で
　すよ。
◇夜中、受験勉強をしている最中に、突然地震が起こった。
◇その問題については今検討している最中ですから、もう
　少々お待ちください。

◆ 正在約會的時候還看其他的女孩子看到入迷，真是太沒禮貌了。
◆ 請不要講行動電話，現在正在上課呢。
◆ 半夜正在為考試努力讀書時，突然發生地震。
◆ 關於那個問題目前正在研議當中，請再稍候。

考古題

電話＿＿＿最中に、だれかが玄関に来た。

1 している　　　2 する　　　3 した　　　4 して
　　　　　　　　　　　　　　　　　　（平成14年）

～さえ＾でさえ

連～都…

［意味：～も…］
［接続：N（＋助詞）さえ］

> 前接指標事例，強調如果連該例都有後文的表現，其他例子更不用說。當前面修飾的名詞為主格時，通常作「～でさえ」。

◇彼は「ありがとう」さえ知らないんですよ。日本語が話せるはずがありません。

◇こんなことは子どもでさえ知っていますよ。本当に知らないのですか。

◇彼は両親にさえ別れを告げずに行ってしまいました。

　◆ 他連「ありがとう」都不知道了，怎麼可能會講日文。
　◆ 這種事連小孩子都知道哦。你真的不知道嗎？
　◆ 他甚至沒向雙親告別就走了。

考古題

日本に来たばかりのときは、あいさつ＿＿＿日本語でできなかった。

1 でも　　　2 さえ　　　3 だけで　　　4 のみで

（平成13年）

～さえ～ば＾たら

只要～就…

[意味：～だけ～ば（いい）]
[接続：N（＋助詞）さえV−ば；R−さえすれば；
　　　NAで−さえあれば；Aく−さえあれば]

▌強調只要滿足所敘述的條件便可得到後面的結論。

◇大学さえ卒業すればいい仕事が見つかるというものでは
　ない。
◇資本主義国家ではお金を払いさえすればさまざまなサー
　ビスが受けられる。
◇子どもたちがみんな元気でさえあれば、私は安心です。
◇使い方が正しくさえあれば、安全性に問題はありません。

　◆ 並不是只要大學畢業就能找到好工作。
　◆ 在資本主義國家，只要肯花錢就能得到各種服務。
　◆ 只要孩子們都健康，我就安心了。
　◆ 只要使用方法正確，安全性就沒有問題。

── 考古題 ──

最近、自分＿＿＿＿いいという考えの人が増えている。

1 こそよければ　　　　　　2 さえよければ

3 さえよくなければ　　　　4 こそよくなければ

（平成16年）

～ざるをえない

不得不～

[意味：どうしても～しなければならない]

[接続：Ｖず－ざるをえない　（する→せざるをえない）]

前接動詞否定形，表示不願意也得照做，為絕對義務，有消極被動的含義。「～ざる」是文語否定「～ず」的連體形。

[比較：～しかない、～わけにはいかない]

◇酒はあまり好きではないが、上司にすすめられたので飲まざるをえなかった。

◇戦争は殺すか殺されるかだ。戦場では否応でも殺さざるをえない。

◇あなたの意見は突拍子もなくて、反対せざるをえない。

◆ 我不太喜歡喝酒，但是上司一直勸酒，不得不喝。

◆ 戰爭不是殺人就是被殺，在戰場上不管你願意與否都不得不殺人。

◆ 你的意見太過離譜，我不得不反對。

考古題

日本で生活をするのなら、漢字を＿＿＿。

1 覚えかねる　　　　　2 覚えたわけだ

3 覚えざるをえない　　4 覚えるかのようだ

（平成15年）

～しかない ^ （より）ほか（は）ない・ほかしかたがない

只能～

[意味：～以外、他に方法はない]
[接続：Vる-しかない]

表示客觀情勢上除了前項做法之外，沒有別的選擇，無關乎意願。「～（より）ほかない」為書面語。

[比較：～ざるをえない、～わけにはいかない]

◇敵はもうそこまで来ているんだ。前進するしかないだろう。
◇エース選手だといっても怪我をしてしまったんだ。退場させるよりほかない。
◇こんなにたくさんの人に協力してもらってもだめだったんだから、もうあきらめるほかしかたがありません。

◆ 敵人已經即將到來，我們除了向前挺進之外別無他法。
◆ 雖說是王牌選手，但是受傷了，也只能讓他退場。
◆ 承蒙這麼多人的協助都還做不成，也只能放棄了。

考古題

最終電車に乗り遅れてしまったので、歩いて帰る＿＿＿。

1 うえはない　　　2 ほどはない
3 ものはない　　　4 ほかはない

（平成13年）

～次第 (しだい)

一～立刻…

[意味：～したら、すぐに…]
[接続：N次第；R-次第]

> 前接動詞連用形或動作性名詞，聲明該動作一完成便
> 會立刻進行後一項動作，後項必須是說話者的主張、
> 意志表現。

◇向こうに着き次第、連絡いたします。
◇試合の結果 (けっか) が分かり次第、お知らせします。
◇新しいデータが手に入り次第、すぐに報告してください。
◇A：撮影 (さつえい) はいつからですか。
　 B：撮影器材 (きざい) が到着しだい、すぐ始めましょう。

◆ 一到那裡，就立刻與您聯絡。
◆ 一知道比賽結果，就會馬上通知您。
◆ 一拿到新的資料，就請馬上報告。
◆ A：拍攝什麼時候開始？
　 B：攝影器材一送到就馬上開始吧。

考古題

田中は出かけておりますので、＿＿＿＿ご連絡をさしあげま
す。

1 戻りしだい　　　　2 戻るとおり
3 戻るままに　　　　4 戻りながら

(平成13年)

～次第だ
～次第（しだい）だ

就是～回事

[意味：～という理由だ；～という事情だ]

[接続：V-次第だ]

❙❙ 表示「就是這麼一回事」，常見置於動詞句尾，前接事情原委，從動機或原因逐一說明到最後的行動。書面語。

◇皆様方（みなさまがた）のご支援（しえん）を頂（いただ）いたことに深く感謝（かんしゃ）している次第です。

◇こうしていまに至った次第だ。

◇ぜひあなたにも参加（さんか）していただきたいとお誘（さそ）い申（もう）し上（あ）げる次第です。

◇とりあえずお耳に入れておいたほうがいいかとお知らせした次第です。

◆ 承蒙大家的支援，特此深表感謝。

◆ 就是這樣到了現在。

◆ 希望您也一同參加，所以特地邀約。

◆ 覺得應該先知會您一聲較好，所以特地通知。

～次第で(は)^だ

依～的不同而…

[意味：～によって（左右される）]
[接続：N次第で]

前接關鍵事物，表示是左右另一項事物的絕大因素。類語「～によって(は)」則是單純表示因應選項可能有的差異而有不同對應。

[比較：～によって(は)]

◇合格できるかどうかはあなたの努力次第です。

◇今度の市長選挙の結果次第では私たちの生活が大きく変わるかもしれません。

◇結婚相手次第で女性の人生が大きく変わる時代はもう終わりました。女性も独立したのです。

◆ 能不能錄取端看你的努力。

◆ 這一次市長選舉的結果或許會使我們的生活大為轉變也說不定。

◆ 女性因結婚對象的不同而使人生大為轉變的時代已經過去，因為女性也獨立自主了。

--- 考古題 ●

この製品は、アイデア＿＿＿ いろいろな使い方ができます。

1 がちに　　2 ぎみに　　3 限りで　　4 次第で

（平成18年）

～上（は）＾も

在～上；就～來看

[意味：～では]

[接続：N上]

> 與名詞結合造語，表示評論基準，前接切入事物的層面，為鄭重的說法。部分類似「～から言うと」的用法。
>
> [比較：～上で、～上では]

◇ 理論上は問題がありません。

◇ 結婚後、戸籍上は夫の姓になりましたが、仕事では旧姓を名のっています。

◇ 無防備に紫外線にさらすのは美容上だけでなく、健康上も非常にリスクを負うことです。

◆ 理論上沒有問題。

◆ 結婚後，戸籍上雖然改為夫姓，但在工作上，還是用舊姓稱呼。

◆ 未防禦紫外線的曝曬，不只在美容上，在健康上也非常冒險。

考古題

他人の住所を勝手に公表することは、法律＿＿＿、認められていない。

1 上　　　2 上に　　　3 次第　　　4 次第に

（平成18年）

～末(すえ)(に) ^の

經過～結果

[意味：～した後に、やっと…]
[接続：Nの末；Vた-末]

單純陳述事實的發展變化，表示某項過程告一段落的
結果，用法中立。

[比較：～あげく(に)]

◇ 5時間に及ぶ会議の末、この問題についての最終的な結論が出された。

◇ さんざん道に迷った末、やっとホテルにたどりついた。

◇ 苦労のすえの成功は、喜びも大きい。

◆ 經過5個小時開會的結果，有關這個問題的最終結論終於出爐了。
◆ 在狼狽不堪地迷路之後，終於抵達旅館了。
◆ 歷經辛苦之後的成功，所獲得的喜悅也大。

考古題

この新しい薬は、何年にもわたる研究＿＿＿作り出された
ものだ。

1 の末に　　　2 でさえ　　　3 ぬきでは　　　4 ばかりか

(平成15年)

～せいか

也許是因為～

[意味：～が原因であるかもしれない]
[接続：Nの／NAな／Aい／V－せいか]

▍ 前接原因推測，表示不確定是否因此導致後述結果。
「せい」一般解釋作負面原因，但有時亦作中立用法。

◇年のせいか、このごろ物忘れがはげしい。

◇原料が安いせいか、この製品は値段が安い。

◇昨日歩きすぎたせいか、今日は足がむくんで靴がきつい。

◇私は時間の使い方が下手なせいか、夜になっても仕事が
　終わらず、残業することが多い。

　◆ 不知道是不是年紀大了，最近健忘得很。
　◆ 也許是因為原料便宜，這個產品的價格很便宜。
　◆ 不知道是不是昨天走太多路了，今天腳腫腫的，鞋子穿起來很緊。
　◆ 不知道是不是我不擅於利用時間，經常到了晚上工作還做不完而要加
　　班。

考古題 ●

今年は気温が高い＿＿＿、冬になってもなかなか雪が降ら
ない。

１ せいか　　２ わりに　　３ くせに　　４ ことか

(平成18年)

～せいで ^だ

都怪～

[意味：～が原因で]

[接続：Nの／NAな／Aい／V－せいで]

表示負面原因，與一般表示原因、理由的「ので」「ために」相比，語帶怪罪之意。反義詞為「～おかげで」。

[比較：～おかげで]

◇今度の失敗はすべてあなたのせいです。責任（せきにん）をとってください。

◇私が仕事に不慣れ（ふな）なせいで、みんなに迷惑（めいわく）をかけてしまった。

◇風が強いせいで、たこがなかなか飛ばない。

◇昨日飲みすぎたせいで今日は一日体がだるかった。

◆ 這一次的失敗全都怪你，你要負責。

◆ 都怪我不熟悉工作，給大家添了麻煩。

◆ 都是因為風太強了，風箏怎麼也飛不起來。

◆ 都是因為昨天喝太多了，今天一整天全身倦怠。

考古題

熱がある＿＿＿＿何を食べてもおいしくない。

　１ せいで　　　２ ほどで　　　３ うえで　　　４ もとで

（平成10年）

～たいものだ

真想～

[意味：本当に～したい]
[接続：Rたい－ものだ]

此為希望表現「～たい」接「ものだ」的句型，置於句尾，為說話者用於強調內心通常已有一段時期的想望。

[比較：～ものだ②]

◇そんな美人がいるなら一度会ってみたいものです。

◇一日も早く結婚して、平和な家庭を作りたいものだ。

◇もうこれ以上迷惑をかけるのだけは、やめてもらいたいものだ。

◆ 真有那樣的美女的話，真想好好會一會！
◆ 真想早日結婚，建立和樂的家庭。
◆ 我只希望不要再給我添麻煩了！

～だけ（は） ^ だけの

凡是～

[意味：～のかぎり]

[接続：NAな/Aい/V-だけ]

> 前接具體狀態或動作，表示直到滿足其程度為止，意指窮盡範圍。慣用句「VるだけはVた」，意思是「該做的都做了」。

◇借りられるだけのお金を借りても、まだ家は買えない。

◇辛かったら泣きたいだけ泣いてもいいよ。

◇ここは食べ放題のレストランです。好きな物を好きなだけ食べてください。

◇言うだけは言ったが、あとは本人次第だ。

- ◆ 能借的錢都借了，也還是買不起房子。
- ◆ 難過的話，盡情地哭一哭也好。
- ◆ 這間是吃到飽的餐廳，請盡情地享用。
- ◆ 該說的都說了，接下來只能看他自己了。

考古題

指示のとおりにやる＿＿＿やったが、いい結果が出るかどうか自信がない。

1 だけに　　2 だけさえ　　3 だけは　　4 だけこそ

（平成18年）

～だけに　^ あって・のことはある

正因為～；不愧～

[意味：～にふさわしい]

[接続：N／NAな／Aい／V−だけに]

> 表示無可挑剔的理由，所以有後項敘述的完全相稱表現。常見用於嘗試替某個特殊表現作合情合理的背景解釋。

◇ 横綱<ruby>横綱<rt>よこづな</rt></ruby>だけに、土俵入<ruby>土俵入<rt>どひょういり</rt></ruby>りの貫禄<ruby>貫禄<rt>かんろく</rt></ruby>は十分だ。

◇ あの選手<ruby>選手<rt>せんしゅ</rt></ruby>はさすがオリンピック代表<ruby>代表<rt>だいひょう</rt></ruby>に選ばれただけのことはある。今年もすばらしい成績<ruby>成績<rt>せいせき</rt></ruby>を残<ruby>残<rt>のこ</rt></ruby>した。

◇ アメリカ人のナンシーさんは10年も台湾に住んでいるだけあって、中国語だけでなく台湾語もわかるそうだ。

◆ 不愧是横綱，入場儀式氣勢十足。

◆ 那位選手不愧是曾被選為奧運的代表選手，今年亦創下亮眼的成績。

◆ 美國人南希正因為已經在台灣住了10年，聽說不光是中文，連台語也通。

考古題

彼はチームのキャプテン＿＿＿＿、みんなに信頼されている。

1 のみで　　　　　　 2 にとって

3 だけあって　　　　 4 かというと

（平成15年）

<u>たとえ～ても</u> ^たとい

即使～也…

[意味：もし～でも、…する]

[接続：Nでも；NAで-も；Aくて-も；Vて-も]

表示假設舉例，通常為極端的例子，用來強調沒有任何情形可使後述情形無法成立。「たとい」為舊式用法，現代日語用「たとえ」。 [比較：～としても、～にしろ]

◇たとえ危険でも、行かなければいけない。

◇たとえ、利益^{りえき}は小さくてもやらなければいけない仕事があります。

◇たとえあなたがほかの人を愛していても、私はいつまでもあなたを想^{おも}っています。

◆ 即使危險也不得不去。

◆ 有一些工作，即使利潤微薄也不得不做。

◆ 即使你愛上別人，我也會永遠想念你。

考古題

たとえみんなに＿＿＿＿、私は絶対にこの計画を実行したい。

1 反対されても　　　　　　2 反対されてからでないと

3 反対されるにしたがい　　4 反対されるのに

(平成17年)

～たところ

一～之下；～的結果

[意味：～たら]

[接続：Vた－ところ]

慣用表現。「ところ」在此為接續助詞用法，必須前接動詞た形，強調做了該動作的當下，後句則是出乎料想的動作結果。順接或逆接皆可。　[比較：～ところ(に)]

◇ホテルに問い合わせてみたところ、ちょうど1部屋空きがあって予約することができた。

◇スピーチを鈴木さんにお願いしたところ、快く引き受けてくださいました。

◇先日お宅へ伺ったところ、あいにくご不在でした。

◆ 試著洽詢旅館，一問之下，剛好還有間空房可以預訂。

◆ 演講的事拜託鈴木先生的結果，他爽快答應了。

◆ 前些日子前去拜訪，湊巧您不在家。

考古題

会場の問い合わせをした＿＿＿、地図を送ってくれた。

1 ところ　　2 ばかりに　　3 わりに　　4 ものの

(平成11年)

～たとたん（に）

剛～的瞬間

[意味：～したら、すぐに…]

[接続：Vた–とたん]

> 「とたん」的意思是「瞬間」，通常接在動詞た形之後，表示「說時遲那時快」，後頭緊接著發生突如其來的事。

◇ 立ち上がったとたんにめまいがして、それから記憶がないんだ。

◇ 「ずっと好きだったんだ」と告白したとたん、彼女は僕に抱きついた。

◇ 箱を開けたとたんに中から白い煙がモクモクと出て、浦島太郎はおじいさんになってしまいました。

◆ 站起來的那一瞬間頭暈目眩，之後記憶一片空白。

◆ 當我向她表白：「其實我一直都喜歡妳」時，突然被她抱住。

◆ 把箱子打開的那一瞬間，從箱子裡不斷地冒出白煙，浦島太郎就變成老公公了。

考古題

国から来た手紙を＿＿＿とたん、彼女は泣き出してしまった。

1 見る　　　2 見た　　　3 見て　　　4 見よう

（平成14年）

～たび(に)

毎逢～

[意味：毎回～の時、いつも…]
[接続：Nのたびに；Vる-たびに]

前接屢次重複的行為，意指每次該行為發生時，固定
都會出現後述情形。表示慣例。

◇父は海外旅行のたびに、外国の珍しい置物を買ってくる。
◇彼女は失恋のたびに「もう男なんて信じない」と泣きな
　がら電話をかけてくる。
◇毎年田舎へ帰るたびに景色が変わっているような気がす
　る。開発の波は止められないのだ。

◆ 每當父親去國外旅行，就會買珍奇的擺飾品回來。
◆ 每當她失戀的時候，就會哭著打電話來說：「我再也不相信男人了」。
◆ 每年回去鄉下的時候，都會覺得景物變遷。開發的步伐看來是停不了的。

考古題

内田さんは＿＿＿髪型が違う。

1 会ったなら　　　　2 会うたびに
3 会ううちに　　　　4 会ったところ

（平成15年）

～だらけ

満是～

[意味：～がたくさんある；～がたくさんついている]
[接続：Nだらけ]

與名詞結合造語，表示該事物雜亂遍佈，或數量多到令人皺眉、反感的地步。

◇これはだれが翻訳（ほんやく）したんですか。間違（まちが）いだらけですよ。

◇彼の部屋はごみだらけで足の踏（ふ）み場（ば）もない。

◇猫のたまはこの季節になると、近所（きんじょ）のオス猫とけんかがたえないらしく、いつも傷（きず）だらけになって帰ってくる。

◆ 這是誰翻譯的？錯誤一堆。

◆ 他的房間垃圾遍佈，連個站的地方都沒有。

◆ 我家的貓小玉每到這個季節好像會不斷地跟附近的公貓打架，老是一身傷回家。

考古題

昨日からの雨がようやくやんだが、運動場はまだぬれていた。試合を終えたサッカー選手の顔はみんな泥＿＿＿。

1 ぎみだ　　2 だけだ　　3 だらけだ　　4 ばかりだ

（平成12年）

～ついでに

～時，順便…

[意味：～する機会を利用して、…する]

[接続：Nのついでに；Vる/Vた－ついでに]

前接動作性名詞或是動作，表示藉著做前項動作的時機，連帶做另一項動作。

◇大阪に出張するついでに、幼なじみに会おうと思っている。

◇手紙はスーパーへ行ったついでに出してきました。

◇旅のついでに田舎の生活を体験してみませんか。

◇来週仕事で北海道へ行く。せっかくだから、出張のついでに観光もしようと思っている。

◆ 想趁到大阪出差時順便探望童年好友。

◆ 信在我去超市時順便寄出去了。

◆ 想不想在旅行時順便體驗鄉下的生活？

◆ 下個禮拜要去北海道洽公，因是難得的機會，想在出差時順便去遊覽。

考古題

買い物に＿＿＿、この手紙を出してきてくれない。

1 行きつつも　　　　　2 行くとともに

3 行くかといえば　　　4 行くついでに

（平成17年）

～っけ

是～嗎；是不是～

[意味：～か]

[接続：Nだ(った)／NAだ(った)-っけ；Aかった-っけ；Vた-っけ]

> 表示回想發問，針對模糊的印象詢問他人或自言自語作確認。熟人之間的口語用法。

◇あの人どこかで見たことがあるような気がする。誰だっけ。

◇A：このワンちゃん、先週見た時、こんなにおおきかったっけ？

B：そうなの、ここ最近すごく大きくなったのよ。

◇A：あそこ、なんて言ったっけ。ほら、去年家族で遊びに行った公園…。

B：ああ、山の上公園？

◆ 總覺得不知道在哪裡見過那個人，是誰啊？

◆ A：這隻狗，上星期看到的時候就這麼大隻嗎？
B：對呀，最近大了很多呢。

◆ A：那裡，叫什麼啊？就是去年我們全家一起去玩的公園……。
B：啊，山之上公園嗎？

～っこない

不可能～

[意味：絶対に～ことがない]

[接続：R-っこない]

表示說話者輕率的主觀判斷，強烈否定某項行為成立的可能性，亦可作「～はずがない」。「～っこない」為熟人之間的口語表現。

[比較：～わけがない]

◇彼女に道理を聞かせたってわかりっこないよ。

◇あいつは向こうの味方なんだ。本当の事を聞いたって言いっこないさ。

◇Ａ：東京大学を受験してみたらどう。

　Ｂ：東大！僕に受かりっこないよ。

◆ 跟她講道理她也聽不懂的啦。

◆ 那傢伙是對方的人，問他不可能講真話的啦。

◆ Ａ：你要不要去考考看東京大學？
　 Ｂ：東大！我不可能考得上的啦。

考古題

この話は、今初めてあなただけにしたんだから、あなたが言わなければ、ほかの人は＿＿＿よ。

1 知りっこない　　　　2 知るしかない

3 知るほかはない　　　4 知らざるをえない

(平成12年)

～つつ

邊～邊…

[意味：～ながら、…する]
[接続：R-つつ]

前接動詞連用形，表示與後項動作同時進行，前後項須為同一動作主。略為書面語，相當於同義的「～ながら」。

◇夫婦（ふうふ）で酒（さけ）を酌（く）み交（か）わしつつ、今日（きょう）の出来事（できごと）を話（はな）すのが我（わ）が家（や）の日課（にっか）です。

◇この問題（もんだい）は地域（ちいき）の皆（みな）さんと話（はな）し合（あ）いつつ、解決策（かいけつさく）を探（さぐ）っていきたいと思（おも）います。

◇当温泉旅館（とうおんせんりょかん）ではお客様（きゃくさま）に季節（きせつ）の山菜（さんさい）を味（あじ）わいつつ、ゆっくりごくつろぎいただけるサービスを提供（ていきょう）しております。

◆ 夫妻對飲，一邊說說今天發生的事是我家每天必做的事。

◆ 這個問題我想和地方上的人士談談，以尋求解決對策。

◆ 本溫泉旅館提供客人可以一邊品嚐季節性的山蔬，一邊充分放鬆身心的服務。

～つつ（も）

雖然～卻…

[意味：～のに、…する]
[接続：R－つつ]

> 逆接用法，前面通常是「思う、知る」等關於情感、認知的動詞連用形，表示「想是一套，做是另一套」，連接前後矛盾事項。
>
> [比較：～ながら（も）]

◇父は「めんどうだ」と言いつつ、決して時間に遅れず母を迎えに行く。

◇彼女に連絡しなければと思いつつ、忙しさに紛れて忘れてしまった。

◇不倫は悪いことだと知りつつも、彼への気持ちを抑えることはできないのです。

◆ 雖然爸爸嘴上說：「真是麻煩」，但一定準時去接媽媽。
◆ 雖然想到該與她聯絡，卻忙到忘了。
◆ 雖然明知畸戀是不對的，但我卻無法克制自己對他的情愫。

考古題

もう起きなければと＿＿＿＿、なかなか起きられない。

1 思っては 　　　　2 思ってこそ
3 思いつつも 　　　4 思うにつれ

（平成10年）

★★ ～つつある

逐漸～；愈發～

[意味：今ちょうど～ている]
[接続：R–つつある]

> 表示某項動作朝一定方向持續演進、進行中，適用動詞為類似「成長する、発展する、回復する、増える、減る」等具有方向性、漸進意象的動詞。

[比較：辨析4]

◇父の病気は順調に回復しつつある。
◇伝統文化の灯火は今まさに消えつつある。
◇中国はWTOに加入して以来、急速に発展しつつある。
◇母猫は死につつある子猫を抱いてしきりに顔を舐めていた。

◆ 父親的病日漸好轉。
◆ 傳統文化的火炬如今即將逐漸消失。
◆ 中國加入世界經貿組織以來，不斷急速發展。
◆ 母貓抱著瀕臨死亡的小貓，不住地舔著牠的臉。

考古題

多くの国で公害が年々ひどくなっているが、一方では、それをなくすために、技術協力をする国々も増え＿＿＿。

1 がたい　　　　　2 つつある

3 きれない　　　　4 がちである

（平成12年）

～っぽい

①感覺上有點～　②容易～

[意味：①～感じがする　②簡単に～する]
[接続：①Nっぽい　②R－っぽい]

> 表示①特質②動作傾向。除了少部分中性字眼如「白っぽい、黒っぽい」表示「偏白、偏黑」之外，多作負面使用。語尾為イ形容詞變化。

◇花子はもう20歳になるのに、とても子供っぽい。（①）
◇生卵を白身と黄身にわけて、白身が白っぽくなるまでしっかり泡立ててください。（①）
◇最近の子供は本当に飽きっぽい。集中力が足りないのだ。（②）
◇由美子はハンサムな男性に弱くほれっぽい性格だ。（②）

◆ 花子已經20歳，卻非常孩子氣。
◆ 把生雞蛋的蛋白和蛋黃分開，努力地打到蛋白起泡顏色變白為止。
◆ 最近的孩子們真的很容易厭煩，不夠全神貫注。
◆ 由美子是那種容易對英俊的男性沒什麼抵抗力、一見傾心的個性。

考古題

大人のくせに、そんなつまらないことでけんかするのは
＿＿＿。

1 子どもっぽい　　　2 子どもらしい
3 子ども向きだ　　　4 子どもだらけだ

（平成18年）

～てからでないと ^でなければ

必須先～否則…

[意味：～した後でないと]

[接続：Vて-からでないと]

前接動詞て形。表示必須先進行某項動作，否則就會出現後面敘述的情形，而且通常是不好的結果。

◇25歳にもなって親に聞いてからでないと何もできないなんておかしいんじゃないか。

◇木村教授の授業は専門用語が多くて、よく予習してからでないとついていけません。

◇責任ある人はきちんと確かめてからでなければ、返事はしないものだ。

◆ 都已經25歲了，若不問過父母就什麼事也不敢做，這不是很奇怪嗎？

◆ 木村教授的課專門術語很多，若不先好好預習的話會跟不上。

◆ 有責任感的人，在未經妥當確認之前是不會回覆的。

考古題

もう少し具体的な説明を聞いてからでないと、その計画には賛成＿＿＿。

1 できません   2 なりません

3 できます   4 します

(平成12年)

～てしょうがない ˆ しかた(が)ない

～得沒辦法；非常～

[意味:とても～]

[接続:NAで/Aくて/Vて–しょうがない]

「しょうがない」「しかたがない」意思是「沒有辦法」，前接個人感受或身體反應，形容其程度強烈，無法抵擋。

[比較:～てたまらない、～てならない]

◇仕事をやめてから、毎日暇でしょうがない。

◇娘は留学先での生活が楽しくてしかたがないらしい。

◇今日は朝からくしゃみが出てしょうがない。誰か私の噂をしているのかな。

◆ 辭掉工作之後每天閒得不得了。

◆ 女兒在留學地的生活，好像過得很快樂。

◆ 今天從早上開始就一直打噴嚏，是不是有誰在背後說我閒話啊。

考古題

勉強中、眠くて＿＿＿ときは、濃いお茶を飲むといい。

1 なんでもない　　　　2 ちがいない

3 ほかならない　　　　4 しょうがない

(平成11年)

～てたまらない

～得受不了；非常～

[意味：とても～]

[接続：NAで/Aくて/Vて‐たまらない]

「たまらない」意思是「無法忍受」，前接説話者的個人感受等，用於強調程度強烈。

[比較：～てしょうがない、～てならない]

◇恋人と別れた今年のクリスマスは寂しくてたまらなかった。

◇もう彼とは別れたくてたまらないのだが、なかなか言い出せない。

◇父は留学している姉のことが心配でたまらず、毎晩国際電話をかけている。

◆ 分手後的今年的聖誕節，寂寞得很。

◆ 我非常想跟他分手，卻怎麼也說不出口。

◆ 爸爸非常擔心留學的姊姊，每晚都打國際電話。

考古題

私は３年も国へ帰っていないので、早く家族に＿＿＿。

1 会いたくてたまらない　　2 会うものではない

3 会うどころではない　　　4 会わざるをえない

(平成17年)

～てならない

不由得～；非常～

[意味：とても～]
[接続：NAで/Aくて/Vて－ならない]

「～てならない」意思是「無法不～」，主要搭配「思える、気がする、悲しい」等自發性的知覺、情感表現，表示第一人稱自然萌生的情緒反應。 [參見：辨析5]

◇ 原子力発電所の事故があいついで報道されているのを聞くと、不安でならない。

◇ 彼女は愛犬が死んでしまったことが悲しくてならないらしい。毎日ふさぎ込んでいる。

◇ このメロディーを聞くと、あの頃のことが思い出されてならない。

◆ 聽到接二連三地報導核能發電廠的意外事故，真是令人感到不安。
◆ 她似乎因為心愛的狗死去而非常悲傷，每天悶悶不樂。
◆ 一聽到這段旋律，就不由得想起當時的事。

考古題

世界中を旅行して回れるなんて、うらやましくて＿＿＿。

1 はかなわない　　　2 ならない

3 かまわない　　　4 はならない

（平成16年）

～ということだ^って

意思是～

[意味：つまり～という意味だ]

[接続：N(だ)／NA(だ)／Aい／V-ということだ]

> 置於句尾，前接針對之前談話所做的解讀斷定或補充
> 說明。「～ってことだ」為口語用法。

[比較：～わけだ]

◇A：これ明日までにお願いします。

　B：すみません、明日は土曜日なんですが…。

　A：土曜日は休みということですか。

◇男：僕の業績を見ても社長は何も言わなかったよ。よか
　　　った、怒っていないってことだよね。

　女：ばかね、あなたにはもう期待していないということよ。

◆A：這個，麻煩你在明天以前完成。
　B：對不起，明天是星期六……。
　A：是說星期六休息嗎？
◆男：看了我的業績總經理什麼也沒說耶。真好，表示他沒生氣。
　女：笨蛋，那表示對你已經徹底失望了啦。

― 考古題 ―

> わたしは甘いものがあまり好きではない。といっても、
> クッキーやケーキをまったく食べないという＿＿＿。
>
> 1 のである　　　　　2 のはない
>
> 3 ことである　　　　4 ことではない
>
> （平成12年）

～ということだ ^との

據說～

[意味：～と聞いた]

[接続：N(だ)／NA(だ)／Aい／V－ということだ]

前接傳聞內容，表示純粹轉述，「～とのこと(だ)」常見於書信，會話中則直接省略作「～って」，此時的「～って」為終助詞。

[比較：～とか]

◇社長は明日大阪へ出張(しゅっちょう)するということだ。

◇新聞によると犯人(はんにん)はこのルートを使って逃げたとのことだ。

◇娘さんが来年結婚なさるとのこと、本当におめでとうございます。

◇「結婚しても仕事をやめない女の人が多いんだって。」

◆ 聽說總經理明天要去大阪出差。

◆ 據報紙所說，犯人是利用這條路線逃跑的。

◆ 聽說令嬡明年要結婚，真是恭喜。

◆ 「聽說有很多女性結婚後也不會辭掉工作。」

考古題

コーチの話では、彼が試合に出れば、優勝はまちがいない＿＿＿。

1 となることだ

2 ということだ

3 とならなくなる

4 とさせられている

（平成13年）

〜というと _{いえば・いったら}

說到〜；一提起〜

[意味：〜と聞くと、(すぐ…が思い出される)]
[接続：N／NA／Aい／V−というと]

> 自問自答，表示針對某項事物有著直覺式的印象，前
> 面提起該項事物，後接相關的聯想。

[参見：辨析６]

◇夏といったら海だ。

◇スイスというと、何をイメージしますか。

◇台湾の果物といえば熱帯フルーツですが、最近は農作物
の品種改良が進んで温帯フルーツもおいしいそうです。

◆ 說到夏天就聯想到大海。

◆ 說到瑞士，你有什麼印象呢？

◆ 一提到台灣的水果就想到熱帶水果，但是最近隨著農作物品種改良的
進步，聽說溫帶水果也很美味。

--- 考古題 ---

山田さんは、＿＿＿必ず温泉に行く。

1 旅行というより　　　2 旅行というと

3 旅行からいえば　　　4 旅行からいって

(平成12年)

～というものだ

實在是～

[意味：心から～だと思う；まさに～だ]

[接続：N(だ)／NA(だ)／Aい／V－というものだ]

相當於「です」，但是作主觀斷定使用，語氣中多了主張前項說法完全精準，相信能獲得普遍認同。

◇鈴木さんは半分以上も負担(ふたん)したのに、山田さんはこれだけなんて…それでは不公平(ふこうへい)というものでしょう。

◇MRTができてからずいぶん便利になったというものだ。

◇英語、ピアノ、暗算(あんざん)と必要以上に子供を塾(じゅく)に通わせている親がいる。あれでは子供がかわいそうというものだ。

◆ 鈴木先生負擔了一半以上，山田先生卻只有這些……真是不公平。

◆ 捷運開通之後，變得相當便利了呢！

◆ 有些爸媽要小孩額外去上英文、鋼琴、心算等的補習班，那樣孩子真是可憐。

考古題

相手の話も聞かずに自分の主張だけ通そうとするなんて、それはわがまま＿＿＿。

1 ということではない　　2 というからだ

3 というわけではない　　4 というものだ

(平成14年)

～というものではない ^ でも

未必是～

[意味：必ず～ではないと思う]

[接続：N(だ)/NA(だ)/Aい/V－というものではない]

▌ 表示不認同前項說法具有一體適用性，「～というものでもない」的語氣較婉轉。

◇ 学歴が高いからといって、能力が高いというものではない。人の能力は卒業証書では証明できないのだ。

◇ 日本語は日本に住んでいれば、自然に上達するというものでもない。

◇ 英語が話せれば英語の先生になれるというものではありません。

◆ 未必說因為學歷高，能力就強。人的能力是無法以畢業證書證明的。

◆ 也未必說住在日本，日語就能自然地通達。

◆ 會說英語未必就能當英文老師。

考古題

物を売る時は、値段が安ければいい＿＿＿＿、商品の質を第一に考えるべきだ。

1 というもので　　　　2 としたもので

3 というものではなく　　4 としたものではなく

（平成13年）

～というより

與其說是～（不如說…）

［意味：～より（…のほうが妥当だ）］

［接続：N／NA／Aい／V-というより］

表示認為有比前項更貼切的說法。一般情形下，前項
為正常的形容，後項則是略帶誇張的比喻。

[比較：～といっても]

◇A：お宅のワンちゃん、最近ちょっと太ってきたんじゃない。

　B：そうなんです。太りすぎちゃって、犬というより豚み
　　　たいなんです。

◇この本は参考書というより辞書といったほうがいい。

◇彼は食べるのが速い。食べているというより飲んでいると
　いうくらいのスピードで、あっという間に食べてしまう。

◆ A：你們家的狗狗最近是不是有些變胖了。
　　B：就是啊。真是太胖了，與其說是狗還更像豬一些。

◆ 這本書與其說是參考書還不如說是辭典洽當些。

◆ 他吃得真快。與其說是吃還不如說像是以喝的速度，一瞬間就吃掉了。

考古題

山田さんは書物が大好きで、技術者と＿＿＿学者といった
方がいい。

1 しても　　2 したら　　3 いったら　　4 いうより

（平成10年）

～といったら

說起～（真是…）

[意味：～は、（本当に…）]
[接続：Nといったら]

> 感嘆用法，將自己有所感觸的事物特別提起作為話題，後面跟著抒發感想。

[參見：辨析7]

◇かぐや姫の美しさといったら、この世のものとは思えません。

◇初めて一人で海外旅行をした時の心細さといったら、今思い出しても涙が出そうです。

◇舞台に立った時の息子の表情といったら、親の私まで緊張してしまうほどでした。

◆ 說起竹輝姬的美，真是世間難得一見。
◆ 說起第一次單獨出國旅行時的無助不安，現在回想流淚就快掉下來。
◆ 說起兒子站在舞台上的表情，連作父母的我都緊張得不得了。

～といっても

雖說～（其實…）

[意味：～が、（しかし…）]

[接続：N/NA/Aい/V-といっても]

> 表示對某項說法提出保留。後文為説話者所作的補充，説明實際情形如何與説法上的認知有差距。

[比較：～というより]

◇Ａ：田中さんのご趣味は山登りなんだそうですね。

Ｂ：いや、趣味といっても年に1、2度登る程度なんです。

◇Ａ：彼女、日本語が話せるんですって。すごいわね。

Ｂ：話せるといっても初級程度だろう。あの程度なら僕だって話せるさ。

◆ Ａ：聽說田中先生您的興趣是爬山。
　　Ｂ：沒啦，雖說是興趣也只有一年爬一兩次而已。

◆ Ａ：聽說她會講日文。好厲害喔！
　　Ｂ：雖說會講也只有初級的程度罷了。那樣的程度我也會講啊。

━ 考古題 ━

新しい店を開くために借金をした。借金＿＿＿＿、そんなに大した額ではないし、今後15年で返せばいいのだから大丈夫だ。

1 といっても　　　2 というより

3 といったら　　　4 といえば

（平成13年）

～（か）と思うと ^思ったら・思えば

才剛～就立刻…

［意味：～したら、すぐに…］
［接続：Vた–と思うと］

表示感覺上前項動作才剛成立，另一項動作就緊接著發生，語氣中帶有意外，常見用於對比的事項。前接動詞た形。

［比較：～か～ないかのうちに］

◇彼女は今晩デートがあるらしい。５時になったかと思うと、すぐに退社してしまった。

◇春は暖かくなったと思えば、次の日はまた寒くなるので着る物に困ってしまう。

◇うちの娘はやっと帰ってきたかと思ったら、またすぐ出かけてしまった。

◆ 她今晚好像有約會，才一到5點，就馬上下班走了。
◆ 才在想春天回暖了，隔天馬上又變冷，真是不知該如何穿衣服。
◆ 女兒好不容易才剛回來，卻又即刻出門去了。

考古題

妹は、今勉強を始めたかと＿＿＿、もう居間でテレビを見ている。

1 思って　　2 思ったら　　3 思い　　4 思ったなら

（平成11年）

～とおり（に）＾どおり

一如～

[意味：～と同じで]

[接続：N/R-どおり；Vる/Vている/Vた-とおり]

> 表示完全如同前項提示的限定，一模一樣。「R-どおり」為固定用法，僅限與思考有關的動詞，例如「思う、考える」等。

[参見：辨析8]

◇ 大丈夫。僕の言うとおりにすれば必ず成功するさ。

◇ 今日初めて彼女と話したのだが、思っていたとおりの素敵な人だった。

◇ 当列車は予定どおり、まもなく終点山中駅に到着いたします。

◇ 何もかも思いどおりになると思わないほうがいいよ。

◆ 沒問題！只要照我的話做，一定會成功的。

◆ 今天第一次跟她說話，和我想的一樣，是個很棒的人。

◆ 本列車將如預定時間，不久後抵達終點山中站。

◆ 最好不要以為所有的事都會如你所想。

考古題

説明書＿＿＿組み立ててみたのですが、動かないんです。

1 どおりに　　2 次第で　　3 のもとに　　4 に応じて

(平成17年)

～とか

聽說好像是～

［意味：～と聞いたが］

［接続：N（だ）/NA（だ）/Aい/V-とか］

> 前接隱約耳聞的傳言，但不確定是否聽錯或內容是否為真。確切性不如「～そうだ」「～ということだ」來得肯定。

［參見：辨析9］

◇今、台湾では韓国のドラマが人気だとか。

◇そちらの冬は格別（かくべつ）に寒いとか。お体には十分お気を付けください。

◇A：外が騒（さわ）がしいですね。何かあったんですか。

　B：お隣の鈴木さんが泥棒に入られたとかで、今警察が来てるみたいですよ。

◆ 聽說韓劇現在在台灣好像很受歡迎。

◆ 聽說那裡的冬天好像特別地冷，請您要好好地注意身體。

◆ A：外面好吵喔。是不是發生了什麼事？

　B：聽說是隔壁的鈴木先生遭小偷了，好像現在警察來了的樣子。

考古題

夜、パーティーに行く＿＿＿＿で、小川さんはすごくすてきな服を着てきましたよ。

1 とか　　　2 って　　　3 うえ　　　4 のか

（平成17年）

～どころか　①

別說～（就連…也不）

［意味：～はもちろん、（…も…ない）］
［接続：N/NA/Aい/V-どころか］

> 表示負面列舉，強調前項當然沒有，同類事例還可舉出更誇張的例子，後文以「さえ」或「も」呼應。常後接否定。

[比較：～はもちろん]

◇彼女は最近態度が変わった。デートの誘いどころか、電話さえかけてこない。

◇うちの娘はもう二十歳になるというのに、化粧どころかスカートもはかない。

◇Ａ：奥さん、料理がお上手だそうで、お幸せですね。
　Ｂ：えっ。料理どころか、お茶も満足に入れられませんよ。

◆ 她最近態度變了。豈止沒找我出去，連通電話也沒打來。
◆ 我的女兒已經二十歲了，但不只不化妝，就連裙子也不穿。
◆ Ａ：聽說您夫人很會燒菜，您真幸福。
　 Ｂ：咦，別說燒菜了，連個茶都泡不好。

～どころか ②

別説～（反而…）

[意味：～ではない。(逆に…)]
[接続：N／NA／Aい／V－どころか]

> 表示反駁前言，強調事情非但不是如此，其實正好相反。與前一頁負面列舉同類事例的用法略微不同。

◇A：お正月はゆっくり過ごされたんですか。
 B：ゆっくり過ごすどころか、料理や子供の世話で休む 暇もありませんでした。

◇A：株でずいぶん儲かっているそうだね。
 B：最近、突然株価が下がって、儲かるどころか大損したよ。

◆ A：有悠閒過了個好年嗎？
 B：別說什麼悠閒度過了，光是做飯、照顧孩子就忙到沒空休息了。
◆ A：聽說你靠股票賺了不少錢。
 B：最近股價突然下跌，甭提什麼賺錢了，還虧了很多呢。

考古題

医者には二、三日で治ると言われたが、よくなる＿＿＿ま すます悪くなってきた。

 1 ところに　　2 ところも　　3 どころで　　4 どころか

（平成18年）

～どころではない ^ なく

不是做～的時候；哪能～

[意味：～する余裕はない]
[接続：Ｎどころではない；Ｖる-どころではない]

> 表示強烈否定動作的進行時機。前接活動，強調當時的條件、狀況下，根本不合適進行該行為。

◇ 夫：たまには家族で旅行でもするか。

妻：旅行どころじゃないでしょう。太郎は来年受験（じゅけん）なのよ。

◇ 最近仕事が忙しくて、デートどころではありません。

◇ 去年はいろいろと忙しくて結婚記念（きねん）を祝うどころではなく、妻に悪いことをした。今年こそ二人の記念日（きねんび）を祝おう。

◆ 夫：偶而我們也該全家去旅行什麼的。
　　妻：不是去旅行的時候吧。太郎明年就要考試了。

◆ 最近工作忙，哪能約會。

◆ 去年忙東忙西的，無暇慶祝結婚週年紀念，對妻子真是不好意思。今年一定要慶祝兩個人的紀念日。

考古題

せっかく古い友達が訪ねて来たのに、仕事に追われていっしょに酒を飲む＿＿＿＿。

1 ことではなかった　　　2 どころではなかった

3 までもなかった　　　　4 はずではなかった

（平成14年）

★★

～ところに↑へ・を

正當～時

[意味：ちょうど～している時]

[接続：Nのところ；Aい－ところ；Vている／Vた－ところ]

> 前接正處的狀況，強調同一時間發生的事。「ところ」在此作抽象用法，將句子名詞化，後接的助詞須由後文決定。

[參見：辨析10]

◇危ないところを助けていただいてありがとうございました。

◇せっかく花子さんと楽しく話しているところに、友達から電話がかかってきた。

◇お風呂に入ろうとしたところへ、電話が鳴った。

◇トイレでたばこを吸っているところを先生に見つかって停学になった。

- ◆ 謝謝您在我危急的時候救我。
- ◆ 難得和花子聊得正高興的時候，朋友打了電話來。
- ◆ 正要洗澡時，電話響了。
- ◆ 正當在廁所抽菸的時候被老師看見，所以遭到停學處分。

考古題

彼があんなに喜んでいる＿＿＿、彼の成績はかなり上がったにちがいない。

1 どころか　　　　　 2 ところまで

3 ところをみると　　 4 どころではなく

（平成15年）

～としたら ^ すれば・すると

如果～的話

[意味：～と仮定すると]

[接続：Nだ／NAだ／Aい／V-としたら]

▌表示假設前提，後接將隨之而來的議題。會話中時常作「～としたら」。

◇宝くじが当たったとしたら、何を買いますか。

◇無人島に何か１つ持って行ってもいいとしたら、あなたは何を持って行きますか。

◇これに書いてある話が本当だとすれば、これは重大な発見だ。

◇新しい冷蔵庫を買うとすると、どこに置くかが問題だ。

◆ 如果中了彩券，你會買什麼？

◆ 如果可以隨便帶一樣東西到無人島上的話，你要帶什麼去呢？

◆ 假如這裡所寫的事情是真的話，這將是重大的發現。

◆ 假如要買新的冰箱，要放在哪裡是個問題。

考古題

新しい家を建てる＿＿＿＿、かなりのお金が必要になる。

1 にしては　　2 については　　3 といっては　　4 としたら

(平成17年)

～として(は)／も

作為～；以～的立場

[意味：～の立場・名目・資格で]
[接続：Nとして]

表示當事人的職位、立場或資格等身分。「～としては」凸顯主體的特殊性，強調有別於他人；「～としても」則是強調與他人沒有什麼不同。

[比較：～にしたら]

◇ 渡辺先生は客員教授としてこの大学で教えたことがあります。

◇ 教師の私としては、生徒のアルバイトには賛成しかねます。

◇ いじめの問題は校長の私としても何とかしなければと思っていたところです。

◆ 渡邊老師曾以客座教授的身分在這所大學任教。
◆ 身為老師的我，難以對學生打工表示贊同。
◆ 關於欺凌的問題，身為校長的我也一直思考著必須採取什麼樣的行動才行。

～と<u>しても</u>‸ したって

就算～也…

[意味：～と仮定しても]
[接続：N(だ)/NA(だ)/Aい/V－としても]

表示有保留的假設，後接說話者深信不疑的看法。
「～としたって」為口語用法。

[比較：たとえ～ても、～にしろ]

◇彼の話が本当だとしても、まだ信じられない。

◇給料が安いとしても、仕事がないよりましだろう。

◇買うとしても、一番安いのしか買えない。

◇僕と彼女は赤い糸で結ばれているんだ。生まれ変わった
としたって、また出会うはずだ。

◆ 就算他的話是真的，也還是不能相信。
◆ 就算薪水便宜，也總比沒工作好吧。
◆ 就算要買，也只買得起最便宜的東西。
◆ 我跟她之間有紅線綁著，就算來生轉世也一定會再相逢。

②

～とともに

①連同～　②～的同時

[意味：①～と一緒に　②～と同時に]
[接続：①Nとともに　②Nとともに；Vる‐とともに]

> 表示前後項「共起」。①前項為人或機構時，表示共
> 同行動的主體。②前項為動作或變化時，表示同時有
> 另一項動作或變化連帶產生。　[②比較：～に伴って]

◇彼は家族とともに、ハワイに行くことになった。（①）
◇仲間とともに力を合わせてがんばってください。（①）
◇私は大学を卒業するとともに、就職して一人暮らしをは
　じめた。（②）
◇老人人口の増加とともに、健康への関心が高まってきた。（②）

- ◆ 他決定和家人去夏威夷。
- ◆ 請和伙伴同心協力，努力加油！
- ◆ 我一從大學畢業，就開始工作並自己一個人住。
- ◆ 老年人口增加的同時，(人們)對健康的關心日益高漲。

考古題

ことばは生き物であると言われる。時代の移り変わり
＿＿＿＿、語の形や意味が少しずつ変化する。

1 としたら　2 にとって　3 とともに　4 になって

（平成11年）

～ないことには

不～的話（無法…）

[意味：～しなければ、（…できない）]
[接続：Vない-ことには]

> 表示絕對必要的前提。後接負面表現，強調少了上述前提的落實，便無法作出積極回應。可代換成「～なければ」「～ないと」。

◇先生の教え方がいいかどうかは、授業を受けないことにはわかりません。

◇A：ダイエットの薬は本当に効果があるんですか。

B：さあ、飲んでみないことには何ともいえません。

◇履歴書を見ても、実際に会って話してみないことには採用するかどうか決められません。

◆ 老師的教法好或不好，不去上課的話怎麼知道。

◆ A：減肥藥真的有效嗎？
B：嗯，沒吃過是不能說什麼的。

◆ 就算看了履歷表，若沒有實際見面談話過，是無法決定要不要錄用。

考古題

一度行って＿＿＿、どんな所かわからないだろう。

1 みて以来　　　　　2 みるとともに

3 みたからには　　　4 みないことには

（平成15年）

～ないことはない ^も

也不是不～

[意味：～するかもしれない]
[接続：Vない-ことはない]

> 意指「沒有不～的事」，否定某件事完全不成立的可能性，為有條件的保留說法，表示消極肯定。亦可作「～なくはない、～なくもない、～ないでもない」。

◇A：歴史小説はお読みにならないんですか。

　B：読まないことはないんですが、難しいのはちょっと…。

◇言われてみれば、そんな気がしないこともない。

◇彼女の言うことにも一理あると言えないことはない。

- ◆ A：您不看歷史小說嗎？
  　B：也不是不看，太難的就……。
- ◆ 被你這樣一說，我倒也有那樣的感覺。
- ◆ 她講的話也不能說完全沒有一點道理。

考古題

山本さんは、ある日突然会社をやめてまわりをおどろかせたが、あの人の性格を考えると、理解_____。

1 しないものだ　　　2 しなくはない

3 できそうもない　　4 できなくはない

（平成12年）

～ないではいられない＾ずに

不～不行；不禁～

[意味：どうしても～したくなる]
[接続：Vない−ではいられない；Vず−にはいられない]

> 表示無法抑制自己不做某項行為或感受。當前接情感表現的動詞時，用法類似「～てたまらない」。「～ずにはいられない」為書面語。

◇ 医者にいくら大丈夫だと言われても、やはり心配しないではいられない。

◇ この漫画家の漫画は本当におもしろくて読み始めたら最後まで読まずにはいられない。

◇ 全世界が平和になることを願わずにはいられない。

◆ 不管醫生說了多少次沒關係，還是不禁會擔心。
◆ 這個漫畫家的漫畫真是有趣，一讀下去便欲罷不能，非看完不可。
◆ 深切期盼世界和平。

考古題

決して夢をあきらめない彼の生き方を見ていると、私は感動＿＿＿。

1 するはずがない   2 しないではおかない

3 しないではいられない   4 するべきでない

（平成14年）

～ながら（も）

雖然～卻…

［意味：～のに；～が］

［接続：N（であり）/NA/Aい/R-ながら］

> 逆接用法，連接兩個矛盾卻同時存在同一主體上的現象。表示在前項條件下，主體卻有出乎預期的表現。

［比較：～つつ（も）］

◇あの子は子供ながらも、料理の腕前は一人前だ。

◇彼女は学生でありながらブランド物のバッグをいくつも持っている。

◇残念ながら今度のパーティーには出席できません。

◇夫は何もかも知りながらも、私には何も話してくれませんでした。

◆ 他雖然還是個孩子，但做菜的功夫已獨當一面。

◆ 她雖然只是個學生，卻有好幾個名牌包包。

◆ 很遺憾地，這次的晚會我無法出席。

◆ 雖然丈夫知道所有的事，卻什麼也沒對我說。

考古題

彼は、貧しい＿＿＿温かい家庭で育った。

1 ことで　　2 うえに　　3 わけで　　4 ながらも

（平成12年1級）

～など ^なんか・なんて

～之類的；例如～

[意味：～のようなものは]
[接続：Nなど]

> 「など」原為任意列舉，接在特定事物後時引申為「無足輕重」。其中，用於自身時表示謙虛，用在其他事物時表示輕蔑。口語中多作「なんか、なんて」。

◇彼はまたうそをついた。もう彼の言うことなど信用するものか。

◇いくら年をとっても「おばさん」なんて呼ばれたくない。

◇Ａ：日本語能力試験の勉強をするなら３級の問題集から復習したらどう。

　Ｂ：３級のなんか簡単すぎるよ。

◆ 他又在說謊了，他說的什麼話還能信嗎？！
◆ 不管多大年紀也不想被叫做「歐巴桑」之類的。
◆ Ａ：要準備日本語能力測驗的話，從３級的模擬試題開始複習如何？
　 Ｂ：什麼３級！太簡單了啦！

考古題

一日中やっても一匹もつれなかったから、もう魚つり＿＿＿行きたくない。

1 なんか　　　2 なんと　　　3 なんで　　　4 なんに

（平成11年）

～にあたって あたり

臨～時

[意味：これから～する時に]

[接続：Nにあたって；Vる−にあたって]

> 表示面臨重大事件或特殊場合，後文為採取的相對應行為。正式用語，常見於致詞、賀卡中。

[比較：～に際し(て)]

◇新年にあたって、今年の抱負を書き初めにしたためた。

◇卒業するにあたって、お世話になった先生方に一言お礼を申し上げます。

◇原子力発電所の建設にあたり、付近住民の皆さんのご理解とご協力をお願い申し上げます。

◆ 適逢新年，揮毫寫下今年的抱負。

◆ 畢業之際，想對照顧我的老師們說聲謝謝。

◆ 在建設核能電廠之際，懇請附近所有居民的諒解與協助。

考古題

新年を迎えるに＿＿＿、一年の計画を立てた。

1 かけて　　2 とって　　3 あたって　　4 たいして

（平成10年）

～において ～おける

於～；在～

[意味：～で；～に]
[接続：Nにおいて]

> 書面用語。表示事情發生或存在的時空領域，前接地點、場合等。「～におけるN」為名詞修飾的用法。

◇国際会議は大ホールにおいて行われる予定です。
◇彼の研究はその当時においては最先端のものでした。
◇このドレスは現在のファッション界においても十分通用するモダンなデザインだ。
◇この分野における渡辺教授の業績は現代科学に多大な影響をあたえました。

◆ 國際會議預定在大會堂舉行。
◆ 他的研究在當時是最先進的。
◆ 這件洋裝就算在現今的時尚界中亦是十分流行的時髦設計。
◆ 渡邊教授在這個領域中的成果給予現代科學極大的影響。

考古題

最近は職場だけでなく家庭に＿＿＿パソコンが使われている。

1 とっても　　　　2 おいても

3 さいしても　　　4 あたっても

（平成10年）

〜に応じ（て）＾応じた

順應〜

［意味：〜によって］
［接続：Nに応じ］

表示積極因應前項事物的程度差異，採取相對應的行動。「〜に応じたN」為名詞修飾的用法。

［比較：〜にこたえ（て）］

◇砂糖の量はお好みに応じて加減してください。

◇当英会話教室では皆さんのレベルに応じてクラス分けをしています。

◇私は担任教師として、生徒一人一人の能力に応じた指導を心がけている。

◆ 砂糖的量請隨喜好適度增減。

◆ 本英語會話教室配合大家的程度而實施分班。

◆ 我身為導師，留心要因應學生每一個人的能力來加以指導。

～にかかわらず ～に(は)かかわりなく

不論～；不拘～

[意味：～に関係なく]
[接続：Nにかかわらず；VるVない‐にかかわらず]

> 例舉正反對立(如：～降る降らない、経験のあるなし...)
> 或多選項，強調在一切情形下都……。後接絶對的想法
> 或結論。
>
> [比較：～を問わず]

◇損得にかかわらず、奉仕するのがボランティア精神というものだ。

◇教師は生徒の成績のよしあしにかかわらず、公平な態度で接しなければならない。

◇できるできないにかかわりなく、チャレンジする気持ちが大切です。

◆ 不計得失地奉獻正是義工精神。
◆ 教師不管學生的成績好壞都應以公平的態度對待。
◆ 不管做得到做不到，勇於挑戰的精神很重要。

～に限って

唯有～才；特別是～

[意味：～だけは他と違って；特に～は]
[接続：Nに限って]

> 表示限定，前接欲刻意凸顯的事物，強調其具有絕對性，後文則是關於其特殊事跡的提示。立場主觀，態度時常流於偏頗。

[比較：～に限り]

◇うちの子に限って、泥棒なんかするはずがありません。

◇傘を持って出なかった日に限って雨が降る。

◇忙しい時に限って、突然の来客があるものだ。

◇自信をもって英語が話せるという人に限って、たいして上手でもない。

◆ 我們家的孩子才不會做什麼小偷。
◆ 沒帶傘出門的日子特別會下雨。
◆ 特別是忙的時候，就會突然有客人來。
◆ 特別是有自信會說英文的人，都不是說得很好。

考古題

大切な用事があって遅刻してはいけない時に＿＿、寝坊してしまう。

1 よって　　2 つれて　　3 かぎって　　4 ともなって

(平成15年)

～に限<ruby>限<rt>かぎ</rt></ruby>り

僅限於～

[意味：～だけは]

[接続：Nに限り]

> 表示限定，說明後項敘述僅適用於前述對象、範圍。否定形為「～に限らず」，意思是「不限定於～、不只～」。

[比較：～に限って]

◇ 身長<ruby>身長<rt>しんちょう</rt></ruby>120センチ以下のお<ruby>子様<rt>こさま</rt></ruby>に限り、<ruby>入場料<rt>にゅうじょうりょう</rt></ruby>は<ruby>無料<rt>むりょう</rt></ruby>です。

◇ <ruby>緊急<rt>きんきゅう</rt></ruby>の場合に限り、<ruby>使用<rt>しよう</rt></ruby>を<ruby>認<rt>みと</rt></ruby>めます。

◇ あの<ruby>女優<rt>じょゆう</rt></ruby>は男性に限らず女性にも人気があるそうだ。

◇ 特別<ruby>感謝<rt>かんしゃ</rt></ruby>セール<ruby>時<rt>じ</rt></ruby>は会員のお客様に限らず、<ruby>一般<rt>いっぱん</rt></ruby>のお客様にも会員<ruby>価格<rt>かかく</rt></ruby>でお買い物いただけます。

◆ 只要是身高120公分以下的孩童，都免費入場。

◆ 僅限於緊急的情況才准許使用。

◆ 那位女演員不只受到男性觀眾歡迎，聽說也深受女性觀眾喜愛。

◆ 感恩特賣時並不限於會員，一般顧客也能以會員價購買。

考古題

おはがきをお送りくださった皆様の中から100名様＿＿＿、すてきな商品をプレゼントいたします。

　1 にしか　　2 にしろ　　3 にかぎり　　4 によって

（平成12年）

～にかけて（は）

在～方面

[意味：～については]
[接続：Nにかけて]

> 表示在某方面的表現值得一提，通常是關於能力或技術，後文為所作的評價。

◇料理の腕前にかけては彼の右に出るものはいない。

◇私のクラスには日本語が上手な人がたくさんいますが、発音の正確さにかけては彼女が一番です。

◇勉強ではクラスでも後ろから数えたほうが速い息子だが、テレビゲームにかけては誰にも負けない。

◆ 在烹飪技巧方面，無人能出其右。
◆ 我的班上日文好的人很多，但若以發音的正確性來說，她是最棒的。
◆ 讀書方面在班上經常是倒數排名的兒子，在打電動方面卻是不輸任何人。

考古題

弟は勉強はできないが、泳ぎ＿＿＿＿だれにも負けない。

1 にむけて　　　　2 にかけては
3 にしたら　　　　4 にしても

（平成17年）

～にかわって ^かわり

代替～

[意味：～の代理で]

[接続：Nにかわって]

> 表示代為行使前者的職責，或取而代之。「～にかわり」比「～にかわって」來得文章用語。

[比較：～かわりに]

◇たまには母にかわって私が夕飯の支度をしよう。

◇21世紀は欧米にかわり、アジアが世界をリードするようになるだろう。

◇あいにく責任者の中川が席を外しておりますので、中川にかわり私がお話を伺います。

◆ 有時也讓我來代替母親準備晚飯吧。

◆ 21世紀亞洲將取代歐美，逐漸居於世界領導地位吧。

◆ 不巧負責人中村不在座位，就由我來代替他，聽取您的意見。

考古題

入院した先生＿＿＿、今は新しい先生が授業をしている。

1 につれて　　　2 にかえて

3 について　　　4 にかわって

（平成12年）

～に関して ⌢ 関する

關於～；有關～

[意味：～について]

[接続：Nに関して]

> 表示涉及到某事物的相關內容。名詞修飾時作「～に関するN」或「～に関してのN」。

[比較：～について]

◇今回の事件に関してお聞きしたいことがあるのですが、よろしいでしょうか。

◇先日ごみ問題に関してのアンケートが実施されました。

◇今言語学に関する本を読んでいます。

◆ 關於此次事件有事情想請教，不知您是否方便？

◆ 前些日子實施了有關垃圾問題的問卷調查。

◆ 目前正在閱讀有關語言學的書。

考古題

コンピューターの使い方＿＿＿、質問がある方は、私のところまでどうぞ。

1 にとって　　2 によって　　3 に関して　　4 に際して

（平成12年）

～に決まっている

一定是～

[意味：～に違いない；きっと～である]
[接続：N／NA／Aい／V－に決まっている]

前接個人看法，表示確信的主觀推斷，認為無庸置疑。亦可作「～にちがいない」。

[比較：～に違いない]

◇A：今度の日本語スピーチコンテスト、誰か優勝するかなあ。
　B：陳さんに決まっているだろう。流暢さにかけては彼
　　　の右に出るものはいないんだから。

◇コンビニで買ったら高いに決まっているから、明日スーパーへ行って買おう。

◆　A：這一次的日文演講比賽，誰會獲勝呢？
　　B：一定是陳同學吧。說到流暢度無人能出其右。
◆　在便利商店買的話一定很貴，所以還是明天去超級市場買好了。

考古題

子どもが大人と相撲をしたって、負ける____。

1 まいか　　　　　　2 ものによる
3 にすぎない　　　　4 にきまっている

（平成15年）

～に比べ（て）

くら

相較於～；比起～

[意味：～より]

[接続：Nに比べ]

> 表示與某對象互相比較對照。類語「～より」主要為比較的基準，「～に比べて」則常用作對比，使兩種不同的觀念或事物特徵更加明顯。

◇日本人に比べ、アメリカ人のほうが肥満気味の人が多いのは食習慣の違いのせいだ。

◇あの二人は双子だが、おしゃべりな妹に比べて、姉はたいへん大人しい。

◇新幹線は高いが、普通電車で行くのに比べて格別に速い。

◆ 和日本人相比，美國人有肥胖傾向的人較多，這是因為飲食習慣的不同。

◆ 那兩個人雖是雙胞胎，但和話多的妹妹相比，姊姊非常嫻靜。

◆ 新幹線車票雖然貴，但比起搭普通車去快很多。

～に加え(て)

除了～再加上…

[意味：～のうえ、さらに…；～のほかに、また…]
[接続：Nに加え]

┃ 表示事物的累加。意指除了前項之外還有其他，不只
┃ 一項的意思。

[比較：～上(に)]

◇ 学校の宿題に加え、塾に通わされて遊ぶ暇のない子供が
多い。

◇ 生産コストの上昇に加え、最近の円高の影響で商品その
ものを値上げするよりほかないのです。

◇ 台風の暴風域に入ってからは、大雨に加えて強風も予想
されます。

◆ 有很多小孩除了學校的功課之外，還要上補習班，根本沒空玩耍。

◆ 生產成本上升，再加上最近受到日幣升值的影響，除了調高商品本身
售價外別無他法。

◆ 進入颱風的暴風圈之後，可以想像必定會是狂風暴雨。

─ 考古題 ●────────

今年は作物の生育がよくないそうだ。夏の低温に＿＿＿雨
が少なかったのが原因だと考えられている。

1 くわえれば   2 くわえて

3 くわわって   4 くわわれば

(平成11年1級)

～にこたえ（て）^こたえる

回應～；回報～

[意味：～のとおりにして]
[接続：Nにこたえ]

> 前接期待或請求，表示予以回應。「～にこたえるN」為名詞修飾的用法。「こたえる」可寫作「応える」。

[比較：～に応じ（て）]

◇ 彼は両親の期待（きたい）にこたえ、みごとに東大に合格した。

◇ 観客（かんきゃく）の拍手（はくしゅ）とアンコールの声にこたえ、彼は再度（さいど）舞台（ぶたい）に立った。

◇ 多くのファンの声援（せいえん）に応える選手（せんしゅ）たちは、技術（ぎじゅつ）も高く素晴らしいプレーを見せていた。

◆ 他成功考上東京大學，未辜負父母的期望。
◆ 為回應觀眾的掌聲和安可聲，他再次踏上舞台。
◆ 回應眾多球迷支持的選手們展現了技術高超的精采演出。

考古題

学生の希望に＿＿＿＿、図書館は夜10時まで開けられることになった。

1 つけて　　　2 かけて　　　3 とって　　　4 こたえて

（平成10年）

～に際し（て）

～之際

[意味：～の時に]
[接続：Nに際し；Vる-に際し]

前接事件或活動，表示藉著其時機進行某動作，語氣
鄭重。名詞修飾時作「～に際してのN」。

[参見：辨析11]

◇引っ越しに際し、ご近所の方々にご挨拶しなければならない。
◇我が国でワールドカップを開催するに際して、テロ対策
　などが話し合われた。
◇今回の国際会議に際しての議題はやはりテロ問題をどの
　ように解決するかであろう。

◆ 搬家之際，得先跟附近的鄰居們打聲招呼才行。
◆ 我國舉辦世界盃之際，討論過如何防杜恐怖行動等的對策。
◆ 本次國際會議的當前議題應該還是如何解決恐怖行動的問題吧。

～に先立って　＾先立ち・先立つ

在～之前先…

［意味：～の前に、…しておく］

［接続：Nに先立って；Vる-に先立って］

> 表示在優先順序上，早於前項預先施行，以作準備。
> 名詞修飾時作「～に先立つN」。

◇この話をするに先立って確認しておかなければならない
　ことがあります。

◇この土地を離れるに先立ち、雛鳥たちも飛ぶ練習を始め
　たようです。

◇新商品開発に先立つマーケティング調査を行っています。

　　◆ 在開始談這件事之前，有些地方得先確認一下才行。
　　◆ 在離開這塊土地之前，雛鳥們好像也已經開始練習飛行。
　　◆ 正在進行新商品開發前的市場調查。

考古題

今から野球大会を行います。試合開始に＿＿＿＿、会長から
ごあいさつをいただきます。

　１ こたえて　　２ くわえて　　３ かけては　　４ さきだち

　　　　　　　　　　　　　　　　　　　　　　　（平成15年）

～にしたがって ^したがい

隨著～

[意味：～するとだんだん…]
[接続：Nにしたがって；Vる-にしたがって]

前接變化，表示隨著其過程進展，帶動其他改變。後文主要為客觀的變化結果，有時也可以是主觀的決心、意志。
[比較：～につれ(て)、～に伴って]

◇収入の増加にしたがって、貯金額も増やしていこうと思う。

◇中国では一部の大都市の発展にしたがって、農村の人口流出が問題になってきたそうだ。

◇環境問題への関心が高まるにしたがい、リサイクル運動も盛んになってきた。

◆ 我打算隨著收入的增加提高存款的金額。
◆ 聽說隨著中國部分大都市的發展，漸漸出現了農村的人口外流問題。
◆ 隨著環保意識的高漲，資源回收運動也變得盛行起來了。

考古題

医学が進歩するに＿＿＿平均寿命が延びた。

1 とって　　　　2 たいして
3 かんして　　　4 したがって

(平成10年)

～にしたら ^ すれば・しても

在～的立場看來

[意味：～の立場なら；～の気持ちでは]

[接続：Nにしたら]

> 表示嘗試以他人身分發話，站在當事者的立場推測其
> 心情或想法。除了「～にしても」之外，「～にしたら」
> 「～にすれば」不可用於第一人稱。

[比較：～として（は）]

◇飼い主にしたら、洗ってやるのは猫のためだと思うので
　しょうが、水が嫌いな猫にしたら迷惑なのです。

◇学生にすればテストは嫌なものでしょうが、教師にして
　もテスト用紙の作成や採点など面倒なものです。

◇夫にすれば私にいろいろ言いたいことがあるようだが、
　私にしても我慢できないことがあるのだ。

◆ 飼主的立場或許認為幫貓洗澡是為牠好，但在怕水的貓看來，卻是找
　牠的麻煩。

◆ 站在學生的立場或許會覺得考試很討厭，但在教師的立場，還得出考
　題、打分數等，也是挺麻煩的。

◆ 丈夫的立場上，或許對我有許多意見，但在我的立場，也有無法忍受
　他的地方。

～にしては

以～的標準而言

[意味：～に；～わりには]

[接続：Nにしては；V-にしては]

逆接用法，前接話題本身條件作為評判標準，說明有著不甚相稱於該條件的表現，好壞情形均適用。

[比較：～わりに(は)]

◇彼女は恋愛中（れんあいちゅう）にしてはあまり幸せそうではない。

◇Ａ：この物件（ぶっけん）は築（ちく）20年なんですよ。

　Ｂ：え、築20年にしてはずいぶんきれいですね。

◇「これ、あなたが書いたんじゃないでしょう。あなたが書いたにしてはうますぎるんだもん。」

◆ 就處於戀愛中的情形來說，她看來不怎麼幸福。

◆ Ａ：這房子屋齡已經20年囉！

　Ｂ：咦，以屋齡20年來看，還相當漂亮呢。

◆「這個，不是你寫的吧。若是以你寫的標準來看，寫得太好了。」

考古題

この子は小学生＿＿＿ずいぶんしっかりしている。

1 にすると　　　　2 にしては

3 にするなら　　　4 にしてから

（平成13年）

～に<u>しろ</u> ^せよ・しても・したって

就算是～

[意味：たとえ～ても]

[接続：N／NA／Aい／V-にしろ]

表示原則上承認前述事項，但態度上仍持部分保留。
「～にしろ」「～にせよ」的說法較正式，「～にしたって」為俚俗說法。

[比較：たとえ～ても、～としても]

◇検査の結果異常はなかったにしろ、ゆっくり静養したほうがいいだろう。

◇妻とは離婚するにせよ、この子たちは私の子供なのだから責任がある。

◇どうして電話してくれないの？忙しいにしても電話ぐらいできるでしょう。

◆ 就算檢查的結果沒有異常，還是要好好靜養比較好吧。
◆ 就算會與妻子離婚，這些孩子還是我的小孩，因此我有責任。
◆ 為什麼不打個電話給我？就算忙，打個電話什麼的總辦得到吧。

考古題

たった三日の旅行に＿＿＿、準備は必要だ。

1 せよ　　　　2 しか　　　　3 だけ　　　　4 つけ

（平成10年）

～にしろ～にしろ せよ・しても

不管是～還是～

[意味：～も～も]

[接続：Nにしろ Nにしろ；V-にしろ V-にしろ]

任舉二項具體事例或對立事物，強調不管其中哪一種情形都適用，後文主要為說話者的主張。

[比較：～につけ～につけ]

◇花にしても指輪_{ゆびわ}にしても彼がくれるものなら何でもうれしい。

◇進学_{しんがく}するにしろ就職_{しゅうしょく}するにしろ一度ご両親とよく相談してください。

◇彼女と別れるにしても別れないにしてもこのまま連絡をしないのは卑怯_{ひきょう}というものですよ。

◆ 不管是花還是戒指，只要是他送的，我都會很開心。

◆ 不管是升學或就業，請好好地跟父母談一次。

◆ 不管是要與她分手或不分手，就這樣不聯絡實在是差勁呀。

考古題

引き受ける＿＿＿引き受けない＿＿＿、なるべく早く決めたほうがいい。

1 にも／にも　　　　2 につれ／につれ

3 なんて／なんて　　4 にしろ／にしろ

(平成15年)

～にすぎない

不過～而已

[意味:～だけだ;～でしかない]

[接続:N/NA/Aい/V-にすぎない]

┃ 表示不超過某個層次或範圍,強調程度低,不值一提。

◇A:この辺りも毎年雪が降るんですか。

　B:ええ、降ることは降りますが、年に1度か2度にす
　　ぎませんよ。

◇A:日本語の勉強を始めたそうですね。

　B:ええ、まだ50音が読めるにすぎませんが。

　◆A:這一帶也每年都會下雪嗎?
　　B:嗯,下是會下,不過一年也只有一兩次而已。
　◆A:聽說你開始學日文了呢。
　　B:嗯,不過也只會50音而已。

考古題

今回の事件で明らかになったことは、実際に起こったこ
との一部＿＿＿。

1 によらない　　　　2 にのぼる

3 にかぎる　　　　　4 にすぎない

（平成16年）

～に沿（そ）って ^ 沿い・沿う・沿った

①沿著～　②遵照～

[意味：①～のふちに平行して　②～に合わせて]
[接続：Nに沿って]

| ①原義為順著路線、邊緣行進；②引申為遵循範本的指示。

◇旅人（たびびと）はあてもなく線路（せんろ）に沿って歩き続けた。（①）

◇道に沿い、たくさんの花が植えられている。（①）

◇本に書いてある手順（てじゅん）に沿ってやりました。（②）

◇建築士（けんちくし）の書いた設計図（せっけいず）に沿って建築が進められている。（②）

◇ご期待（きたい）に沿うように努力（どりょく）いたします。（②）

◆ 旅人漫無目的地沿著軌道一直走。
◆ 沿途栽種著許多花。
◆ 按照書裡所寫的步驟做了。
◆ 工程依照建築師所畫的設計圖進行。
◆ 將遵照您的期望努力。

― 考古題 ●

通り＿＿＿ 食べ物を売る店が並んでいる。

1 にそって　2 について　3 によって　4 にわたって

（平成12年）

～に対し（て）／対する

針對～

[意味：～に]

[接続：Nに対し]

表示動作或態度直接作用或投射於某個對象，即「對於～」的意思。名詞修飾時作「～に対するN」。

[参見：辨析13]

◇私はあなたの不正行為を追及しない態度に対して怒っているのです。

◇どんなお客様に対しても笑顔で接するのがサービス精神です。

◇あの先生は成績のいい学生に対する態度と、悪い学生に対する態度が違う。

◆ 我氣的是你不去追究非法行為的態度。

◆ 不管面對怎樣的顧客，皆能以笑容對待才是服務的精神。

◆ 那位老師對待成績好的學生和對待成績差的學生的態度不同。

― 考古題 ―

戦争に＿＿＿＿、批判の声が次第に高まっている。

1 沿って　　2 対して　　3 かけては　　4 こたえて

（平成16年）

★ ★ ★

〜に違いない ^ 相違ない
一定是〜

[意味：きっと〜である]

[接続：N／NA／Aい／V-に違いない]

前接個人看法，表示確信的主觀推斷，認為無庸置疑。口語中常用「〜に決まっている」。「〜に相違ない」為書面語。

[比較：〜に決まっている]

◇この絵は構図も色使いもすばらしい。きっと高いに違いない。

◇彼女は何も言わなかったが、あの表情からすると、何か言いたいことがあったに違いない。

◇これこそ私が求めていた真実に相違ない。

◇この事件を解決する鍵は彼が握っているに相違ない。

◆ 這幅畫不論構圖或用色都很棒，一定很貴。

◆ 她雖然什麼都沒說，但從她的表情看來，必定想說些什麼。

◆ 這必定正是我所探求的真相。

◆ 解決這件事的關鍵必定為他所掌握。

考古題

水の汚染をこのままにしておくと、地球環境はますます悪くなる＿＿＿。

1 に限る　　　　2 にすぎない

3 にあたる　　　4 にちがいない

(平成17年)

〜について ^ つき

關於〜；針對〜

[意味：〜に関して]
[接続：Nについて]

表示牽涉到的事物範圍。名詞修飾為「〜についてのN」。
「〜につき」主要用於嚴謹正式的場合。

[比較：〜に関して]

◇今回の事件について、何でも知っていることを話してください。

◇事故の原因についてはまだ何もわかっていないそうだ。

◇この本は日本の近代文学についての説明が詳しくてわかりやすい。

◇施設内の設備使用につき、注意事項を申しあげます。

◆ 關於這次的事件，請把所有你知道的事都告訴我。
◆ 有關事故的原因據說還一無所知。
◆ 這本書裡有關日本近代文學的說明詳細易懂。
◆ 謹在此說明有關設施內使用設備之注意事項。

～につき

由於～

[意味：～なので]
[接続：Nにつき]

> 書面語。表示原因、理由，專門用於布告、通知等告示文中。

◇出入り口につき駐車禁止。

◇祭日につき、本日は休業させていただきます。

◇セール商品につき、返品お取り替えはお断りします。

◇この商品は大好評につき、追加販売いたします。

◆ 出入口前，請勿停車。

◆ 適逢假日，本日歇業一天。

◆ 由於是拍賣商品，恕不受理退換。

◆ 由於本項商品大受好評，所以再追加數量銷售。

考古題

昼休み＿＿＿、事務所は1時まで休みです。

1 にとって　　2 のもので　　3 につき　　4 の末に

（平成14年）

～につけ～につけ

不管是～還是～

[意味：～ても～ても同じ…]

[接続：Nにつけ Nにつけ；

　　　Aい－につけ Aい－につけ；Vる－につけ Vる－につけ]

> 慣用用法，常與固定的成對詞組搭配(いい・悪い／うれしい・悲しい…)，表示不管其中哪種情形都適用，後文主要為客觀陳述。

[比較：～にしろ～にしろ]

◇雨につけ風につけ、新幹線の工事の遅れが心配される。

◇煮るにつけ焼くにつけ、日本料理は油をあまり使わない。

◇台湾も日本も天然資源に乏しい島国だ。いいにつけ悪いにつけ、外国との交流なしに経済は語れない。

◆ 不管是刮風還是下雨，新幹線工程的延遲都令人擔心。

◆ 不管是用煮的或用烤的，日本料理都不太用油。

◆ 台灣、日本都是欠缺天然資源的島國。不管好壞與否，不與外國交流就遑論經濟。

～につけ（て）

當～不禁就…

[意味：～に関連して；～するといつも…]
[接続：Vる-につけ]

▌ 慣用表現，通常前接「見る、聞く、思う、考える…」等感官動詞，表示感官或思緒上一觸及前項事物便有感而發，後項為感想、感觸。

[比較：～につけ（ても）]

◇この写真を見るにつけ、楽しかった学生時代を思い出す。

◇葉子は貞世の後ろ姿を見るにつけてふとその時の自分を
　思い出した。

◇彼女のことを考えるにつけ、あんなこと言わなければよ
　かったと後悔の念にさいなまれる。

◇こういう話を聞くにつけ、女は強いと思う。

　◆ 當我看見這張照片，就會想起快樂的學生時代。
　◆ 當葉子一看到貞世的背影，突然想起當時的自己。
　◆ 當我想到她的事，就會被「要是不說那樣的話就好了」這樣後悔的念
　　 頭所自我苛責。
　◆ 當聽到這樣的故事時，就會覺得女人是強者。

～につけ（ても）

一涉及～；遇到～便…

[意味：～に関連して]
[接続：Ｎ（何～）につけ]

▌慣用表現，通常前接由「何～」合成的疑問詞，表示無論涉及或關係到任何事物。「それにつけても」為慣用語，表示由前文而產生後述聯想。 [比較：～につけ（て）]

◇私の上司は何かにつけ、自分のことを先に考える。
◇社会に出たら何事（なにごと）につけ我慢（がまん）しなければならなくなる。
◇古池（ふるいけ）や蛙（かわず）飛び込む水の音。それにつけても金の欲しさよ。

◆ 我的上司不管遇到什麼事，總是先考慮自己。
◆ 出社會之後，就無論什麼事都得忍耐。
◆ 古池裡青蛙入水聲，聯想到的還是錢！（註：此為戲謔句，意指每個人都為錢，即使身處禪境亦不例外。）

考古題

今は都会になってしまったが、数年前までこのあたりは畑ばかりのいなかだった。それ＿＿＿時の流れのなんと早いことか。

1 によっても　　　　2 についても

3 においても　　　　4 につけても

（平成14年）

～につれ（て）

随著～

[意味：～するとだんだん…]
[接続：Nにつれ；Vる−につれ]

前接變化，表示隨著其過程進展，牽動形勢上的客觀演變，與「～にしたがって」不同，後文不可以是主觀的決心、意志。

[比較：～にしたがって、～に伴って]

◇子供たちの成長につれて家が狭く感じるようになってきた。
◇失恋の痛みは時間がたつにつれて薄れてくるものだ。
◇この付近は森林伐採が進むにつれ、山崩れや地滑りなど以前はなかった天災が発生するようになった。

◆ 隨著孩子們的長大，覺得家變得越來越小了。
◆ 失戀的傷痛是會隨著時間的消逝而逐漸淡去。
◆ 隨著附近森林砍伐的不斷進行，山崩與地層滑動等前所未有的天災漸漸開始產生。

考古題

あたりが暗くなるに＿＿＿＿、だんだん眠くなってきた。

1 よって　　2 つれて　　3 向けて　　4 対して

（平成18年）

～にとって(は) ^も・の

對～而言

[意味：～の立場からみると]
[接続：Nにとって]

> 前接人或組織，表示評價或判斷事物時所依據的身分
> 立場、基準。名詞修飾時作「～にとってのN」。

[比較：～にしたら]

◇彼は私にとってかけがえのない人です。

◇ゴミ問題は都市に住む人ばかりでなく、田舎に住む人にとっても大きな問題です。

◇戦争経験者にとっての戦争は、私たち戦争を知らない世代の考えるものとは違うでしょう。

◆ 他對我而言是無可取代的人。

◆ 垃圾問題不光是對住在都市的人、對住在鄉下的人來說也是個大問題。

◆ 戰爭對於曾經經歷過的人來說，想必和我們這些不知戰爭為何物的一代所想像的不同吧。

考古題

この時計は古いのですが、私に＿＿＿とても大切なものなのです。

1 対して   2 とって   3 ついて   4 よって

（平成17年）

～に伴って ＾ 伴い・伴う

伴隨著～

[意味：～と同時に]

[接続：Nに伴って；Vる-に伴って]

> 表示隨著前項動作或變化的產生，連帶引起另一項變動。當前項為變化時，用法同「～にしたがって」和「～につれて」。

[參見：辨析12]

◇積雪量の増加と気温の低下に伴って、スキー場がだんだんにぎわい始めた。

◇経済の発展に伴って、都市犯罪も増加してきた。

◇夫が転勤するに伴い、子供たちも転校せざるをえなくなった。

◇老化に伴う体力の衰えは免れないことです。

◆ 隨著積雪量的增加與氣溫的降低，滑雪場逐漸喧騰了起來。

◆ 伴隨著經濟的發展，都市犯罪亦日益增加。

◆ 隨著丈夫的調職，孩子們也不得不轉學。

◆ 體力隨著老化而漸趨衰落是免不了的事。

考古題

現代の医学は進歩している。それに＿＿＿＿、平均寿命が延びている。

1 ともなって　　2 反して　　3 わたって　　4 比べて

（平成16年）

～に反し（て） ^ 反する・反した

與～相反

[意味：～と反対に]

[接続：Nに反し]

| 前項多為「予想、期待、予測」等語詞，表示事情的發展違反先前的期望。名詞修飾時作「～に反するN、～に反したN」。

◇プレッシャーが強すぎたのか、周囲の期待に反して、彼女は大学試験に失敗してしまった。

◇当初の予測に反し、円は安値をつけつづけた。

◇今回の市長選挙は大方の予想に反した結果となった。

- ◆ 不知是否因為壓力太大，和周圍的人期盼相左，她大學入學考試並未通過。
- ◆ 和當初的預測相反，日圓一路下滑。
- ◆ 這一次市長選舉的結果跌破大家的眼鏡。

考古題

政府は、今年こそ経済がよくなると予測していた。しかし、この予測に＿＿＿、12月になった今もあいかわらずよくなっていない。

1 際して　　2 反して　　3 そって　　4 したがって

（平成15年）

～にほかならない

2級文法一把抓

無非是～

[意味：～以外のものではない]
[接続：Nにほかならない]

> 表示強烈斷定，堅持除了前述理由外，沒有其他可能性。比類語「～に決まっている」多了限定的意味。

[比較：～に決まっている]

◇ 彼の今日（こんにち）の成功（せいこう）は若い頃（ころ）の努力のたまものにほかならない。

◇ 試験に合格できたのも、先生の熱心な指導（しどう）のおかげにほかなりません。

◇ 彼が子供に厳しくするのも子供への愛情（あいじょう）にほかならないのでしょうが、少しやりすぎたと思わずにはいられません。

◆ 他今日的成功無非是年輕時候努力的結果。
◆ 能夠通過考試，完全是拜老師熱心指導所賜。
◆ 他對孩子嚴格無非也是出自對孩子的愛，但不禁讓人覺得有點過頭了。

考古題

今回の失敗の原因は、準備不足＿＿＿＿。

1 のかいがない　　　2 にほかならない

3 ではいられない　　4 になくてはならない

(平成15年)

～にもかかわらず

儘管～；即使～

[意味：～のに、それでも…]
[接続：N/NA/Aい/V-にもかかわらず]

強調某項事物未如說話者預期會造成影響，結果反而是未受影響。須注意與「～にかかわらず」形態雖類似，但用法完全不同。 [比較：～にかかわらず、～(に)もかまわず]

◇両親の反対にもかかわらず、彼は自分の意志を貫き通した。
◇昨日あれだけ念を押したにもかかわらず、忘れるなんて信じられない。
◇校則で禁止されているにもかかわらず、髪を染めている高校生が多い。

◆ 他不顧雙親的反對，貫徹自我的意志。
◆ 昨天都已經那樣叮嚀了還會忘記，真是叫人無法相信。
◆ 雖然校規中禁止，但是染頭髮的高中生還是很多。

考古題

彼は、夏休み中＿＿＿＿、毎日図書館で勉強している。

1 にそって　　　　　2 とすれば
3 をもとにして　　　4 にもかかわらず

（平成14年）

～に基(もと)づいて ^ 基(もと)づき・基(もと)づく・基(もと)づいた

基於～

[意味：～を根拠にして]
[接続：Nに基づいて]

┃表示遵循某項事物作為基準，不偏離其精神，「～に
┃基づき」的用法較鄭重。名詞修飾時作「～に基づく
┃N、～に基づいたN」。

[比較：～をもとに(して)]

◇このドラマは事実(じじつ)に基づいて作られていますが、登場(とうじょう)する人物(じんぶつ)・団体(だんたい)などは架空(かくう)のものです。

◇選挙(せんきょ)は法律(ほうりつ)に基づき、公正(こうせい)に行(おこな)われるべきではないか。

◇彼の出した結論(けつろん)は実験(じっけん)によって出された詳細(しょうさい)なデータに基づいた貴重(きちょう)なものだ。

◆ 這齣戲雖是按照真人實事改編，但出現的人物、團體等皆是虛構。
◆ 選舉應該基於法律公正地進行，不是嗎？
◆ 他下的結論是立基於實驗所顯示的詳細資訊而得到的珍貴成果。

考古題

調査結果に＿＿＿＿、論文を書く。

1 とって 　　　　2 くらべて

3 もとづいて 　　4 ともなって

(平成18年)

～によって ^ より・よる

①藉由～ ②由於～

[意味：①～という方法・手段で ②～が原因で]
[接続：Nによって]

> 表示誘發體，導致後項成立的事物。視語意可解釋為①手段或依據 ②成因。「～によらず」則意指「不以～」「不因～」。

◇インターネットの利用によるやりとりは郵便で送るのに比べ速くて経済的だ。（①）

◇飲酒運転による事故を防ぐために、最近飲酒に関する交通規則が更に厳しくなった。（②）

◇アメリカの爆撃によって、罪もないアフガンの子供たちが犠牲になった。（②）

◆ 藉由利用網際網路的交流方式，比用郵遞快速且經濟。
◆ 因為美國的轟炸，使得無辜的阿富汗小孩平白犧牲。
◆ 為防杜酒後開車所造成的交通事故，最近有關酒駕的交通規則更加嚴格。

考古題

関係者のみなさまのご協力に＿＿＿、無事この会を終了することができました。

1 むけ　　2 つけ　　3 とって　　4 よって

（平成16年）

〜によって(は)　より・よる

依〜的不同而…

[意味：〜に応じて]

[接続：Nによって]

表示因應選項可能有的差異而有不同的對應。依前項決定的意思。

[比較：〜次第で(は)]

◇日本は四季がはっきりしているので、春は桜、秋は紅葉と、季節によって景色が違います。

◇場合によっては、やりたくないこともやらなければいけない。

◇生まれ育った環境により、人の価値観はさまざまである。

◇肌の色や宗教による人種差別は絶対にあってはならないことだ。

◆ 日本由於四季分明，春天是櫻花，秋天是紅葉，景色隨季節不同而異。

◆ 視情況，有時不想做的事也非得做不可。

◆ 因生長環境的不同，人的價值觀也迥異。

◆ 依膚色或宗教的不同而種族歧視是絕對不可以的事。

～によると / よれば

根據～

[意味：～の情報では]

[接続：Nによると]

表示信息、傳聞的來源，通常與後面的「そうだ」「とのこと(だ)」等相呼應。

◇天気予報によると、明日は雨が降るそうです。

◇噂によると、あの二人の結婚は破談になってしまったそうだ。

◇奥さんの話によれば、渡辺さんはもうすぐ退院するそうです。

◇妹からの手紙によれば、オーストラリアで楽しく生活しているとのことです。

◆ 根據天氣預報，聽說明天會下雨。

◆ 根據謠傳，聽說那兩個人的婚約告吹了。

◆ 聽渡邊太太說，渡邊先生快要出院了。

◆ 若依妹妹信上所說，她在澳洲正過著快樂的生活。

★★★

～に<u>わたって</u> わたり・わたる・わたった

歷經～；横跨～

[意味：～の範囲で]

[接続：Nにわたって]

書面語。前接期間、次數或是場所等名詞，表示横跨的範圍規模。「～にわたって」可作副詞使用，名詞修飾時則是作「～にわたるN、～にわたったN」。

◇ これは10年にわたって行われた調査の結果報告です。

◇ このあたりはひとたび大雨が降れば、広範囲にわたって浸水します。

◇ 1ヶ月にわたったワールドカップも今幕を閉じようとしています。

◆ 這是歷經10年進行調查的結果報告。

◆ 這一帶每逢大雨就會淹水，遍及廣大的範圍。

◆ 歷時一個月的世界盃足球賽也將於現在閉幕。

考古題

ここから200メートルに＿＿＿桜の並木が続いている。

1 沿って　　2 応じて　　3 際して　　4 わたって

（平成18年）

～ぬきで^に・の

省去～；撇開～

[意味：～を入れないで；～を除いて]
[接続：Nぬきで]

造語，表示在扣除了前項要素或步驟的狀態下進行。作「～ぬきに(は)」時，通常後接可能表現的否定形，表示「少了～就不能…」。　　[比較：～をぬきにして(は)]

◇私はねぎが嫌いなので、ラーメンはいつもねぎぬきで注文します。

◇日本と台湾の交流の歴史について殖民統治時代ぬきに語ることはできません。

◇これは税金、サービス料ぬきの値段です。

◆因為我不喜歡蔥，所以叫拉麵時我總是要求不加蔥。
◆談到有關日本與台灣交流的歷史，就不能不提及殖民統治時代。
◆這是未含稅和服務費的價格。

～ぬく

①～到底　②～極了

[意味：①頑張って最後まで～する　②ひどく～する]
[接続：R－ぬく]

造語，與動詞連用形搭配，表示①靠毅力完成某項動作；②搭配「困る、悩む」等動詞，表示情緒上持續受到焦熬。

[参見：辨析16]

◇彼はけがをした足をかばいながらゴールまで走りぬいた。(①)

◇自分で決めたことだから、何があっても最後までやりぬくつもりです。(①)

◇彼女は夫ともに苦しい生活を耐(た)えぬき、やっと幸せを手に入れた。(①)

◇困って、困りぬいて親友に相談に行ったんだ。(②)

◆ 他護著受傷的腳走完全程。
◆ 因為是自己做的決定，無論如何都打算做到底。
◆ 她和丈夫一起忍耐度過艱苦的生活，終於得到幸福。
◆ 困惱再困惱，於是去找好友尋求意見。

考古題

あの人もずいぶん＿＿＿、会社をやめることを決めたんでしょう。

1 悩みかけて　　　2 悩みぬいて
3 悩みだして　　　4 悩みかねて

（平成17年）

～のではあるまいか

不是～嗎；大概～吧

[意味：～ではないだろうか]

[接続：Nな／NAな／Aい／V－のではあるまいか；
　　　N／NA－ではあるまいか]

書面語，可視同否定疑問推量「～ではないだろうか」，以反問的形式帶出說話者的主張，意思是「たぶん～だ」「～でしょう」。

[比較：～まい]

◇この女性はぼくの運命の人なのではあるまいか。

◇動かなければ、何も始まらないのではあるまいか。

◇もう日が暮れたというのに連絡がない。まさか何かあったのではあるまいか。

◇バスの本数が少ないから、通勤には不便ではあるまいか。

◆ 這位女性不就是我的真命天女嗎！
◆ 不行動的話，大概什麼事也做不成吧。
◆ 都天黑了還沒消沒息，該不會發生了什麼事吧。
◆ 因為公車的班次少，對通勤不是不方便嗎？

〜のみならず

不僅〜

[意味：〜だけでなく]
[接続：N／NAである／Aい／V−のみならず]

┃ 書面語。強調不是唯一，還有其他。

[比較：〜ばかりか]

◇ 神様は善人のみならず悪人にも救いの手を差しのべてくださる。

◇ 彼の話は複雑であるのみならず、論理性に欠けるのでいったい何が言いたいのかポイントがつかめない。

◇ 彼女は幼い頃に父に死なれたのみならず、母にも捨てられ親戚の家で暗い幼年期を過ごしました。

◆ 神不只拯救好人，連對壞人也伸出援手。

◆ 他的話不光是複雜，因為欠缺邏輯，究竟想講什麼，讓人無法抓到重點。

◆ 她不僅在年幼時死了父親，還被母親拋棄，在親戚家度過灰暗的幼年時期。

考古題

担当者＿＿＿、会社全体で不正な売買を行っていた。

1 のみならず　　　　2 のみにて
3 まででなく　　　　4 までも

（平成16年）

～のもとで＾に

在～底下

[意味:～の下で]
[接続:Nのもとで]

> 抽象用法，表示在某個人或事物的底下。常作庇護或勢力影響範圍解釋，此時前項為在上位者。

◇いつかアラビア諸国(しょこく)の子供も親のもとで安全に暮らせるようになることを祈ってやまない。

◇法(ほう)のもとではみな平等(びょうどう)であるはずなのに、今なお人種差(じんしゅさ)別(べつ)がまかり通っている国がある。

◇勇者(ゆうしゃ)たちは新しい王(おう)のもとに、結束(けっそく)を誓(ちか)い合(あ)った。

- ◆ 我不停地祈禱：希望總有一天中東國家的孩子們能在雙親的羽翼下安全地生活。
- ◆ 照理說法律之下人人平等，但在現今卻還有種族歧視橫行的國家。
- ◆ 勇者們在新王的領導之下，誓言相互團結。

--- 考古題 ●

試合直前の打ち合わせをしようと、選手たちはコーチの＿＿＿＿集まった。

1 末に　　　2 ものに　　　3 もとに　　　4 際(さい)に

（平成18年）

～ばかりか＾でなく

豈是只有～

[意味：～だけでなく]

[接続：N／NA／Aい／V-ばかりか]

┃┃表示何只前項，還有更進一步的情況，而且通常是令說話者感到誇張或意外的事情，語氣強烈。

[比較：～のみならず]

◇このニュースは国内ばかりか、海外でも大きく報道されたそうだ。

◇部長がくれた薬を飲んだら、効かないばかりか、かえって気持ちが悪くなってきた。

◇姑は口うるさいばかりでなく、夫婦のことにもいちいち干渉してくる。

◆ 這條新聞不光是國內，聽說在國外也被大肆報導。

◆ 服用經理給的藥，不僅沒效，反而愈來愈不舒服。

◆ 我婆婆不僅囉唆，連我們夫妻間的事也一一干涉。

考古題

彼は、銀行からの借金が数百万もあって、返せずにいるという。それ＿＿＿、友人たちからも相当の金を借りているらしい。

1 ばかりに　　　　2 ばかりで

3 ばかりか　　　　4 ばかりなら　　　　（平成15年）

～ばかりに

只不過是～就…

[意味:～が原因で、(悪い結果になってしまった)]
[接続:NAな/Aい/Vた－ばかりに]

> 前接說話者認為微不足道的原因，表示「只是因為如此」，後接該原因所導致的不好結果。語氣中帶有懊惱或埋怨的心情。

◇私は背が低いばかりにスチュワーデスになれませんでした。
◇黙っていればいいのに、余計なことを言ったばかりに社長を怒らせてしまった。
◇せっかく一番に蛇の絵を書き上げたのに、足を書き足したばかりに蛇の絵ではなくなってしまった。

◆ 只是因為我身材矮小就不能當空姐。
◆ 保持沉默的話就好了，只因為多話而觸怒了總經理。
◆ 好不容易最快畫好蛇，只因為為蛇添足，而不再像是蛇了。

考古題

パーティーの場所を聞いた＿＿＿＿、手伝いを頼まれてしまった。

1 かぎりに　　2 ばかりに　　3 ところに　　4 とおりに

(平成10年)

～はともかく（として）

姑且不管～

[意味：～は問題にしないで]
[接続：Nはともかく]

> 表示擱置某項議題，不將其納入談論而予以略過，直接將話題帶到後文。

[比較：～をぬきにして（は）]

◇あの新人歌手（しんじんかしゅ）は外見（がいけん）はともかく声はすばらしい。

◇文学の授業は先生の話し方（かた）はともかくとして、内容（ないよう）はおもしろい。

◇費用（ひよう）の問題はともかくとして、まず参加者（さんかしゃ）を集めなくてはいけません。

◆ 那位新歌手姑且不論其外表，歌聲相當地棒。
◆ 文學課姑且不管老師的講課方式，內容還蠻有趣的。
◆ 費用的問題姑且不管，首先得募集到參加者才行。

考古題

この店の料理は、味＿＿＿量は多い。

1 のくせに　　　2 につけても

3 に先立ち　　　4 はともかく

（平成16年）

★★★★

～はもちろん ^もとより

當然是～（還有…）

[意味：～は当然；～は言うまでもなく]
[接続：Nはもちろん]

> 表示理所當然的事例列舉。強調前項就不用提了，還有其他例子也是如此，後文以「も」「まで」呼應。主要作肯定用法。

[比較：～どころか①]

◇本店は大晦日はもちろん、元旦、二日も営業いたします。

◇新商品のチョコレートは女性や子供はもとより、甘いものが苦手とされる中年男性にも売れている。

◇我が家ではお風呂掃除やゴミだしはもとより、料理や洗濯まで夫がしてくれます。

◆ 本店除夕日當然開店，連初一、初二也照常營業。

◆ 新的巧克力產品對女性和小孩賣得好就不用提了，連對不愛吃甜食的中年男性也賣得不錯。

◆ 在我家，整理浴室、倒垃圾就不用提了，連煮飯、洗衣服等都是我先生代勞。

考古題

面接試験では、話し方＿＿＿、服装などにも気をつける必要がある。

1 の反面　　2 としては　　3 に過ぎず　　4 はもちろん

（平成18年）

～反面 ～半面

はんめん　はんめん

一方面～；～的同時

[意味：一面では～であるが、(別の面では…)]

[接続：Nの／NAな／Aい／V-反面]

表示同一事物存在著前述特性，但同時也有互為表裡的對立項。常見用在提示優點之後，緊接著舉出不盡如人意的缺點。

[比較：～一方(で)]

◇私の彼はいつもやさしい反面、時には大声で怒鳴ることもある。

◇台北市内に住むのは通勤に便利な反面、家賃が高く部屋の質も悪いという欠点もある。

◇Eメールで連絡が便利になった反面、心のこもった手紙を書くことは少なくなってしまった。

◆ 我男朋友雖然總是很溫柔，但有時也會大聲罵人。

◆ 住在台北市內雖然通勤方便，但也有房租高、房子品質不佳的缺點。

◆ 用電子郵件聯絡變得便利的同時，手寫一封滿載心意的書信方式變少了。

考古題

この車は、空気を汚さない＿＿＿、価格が高いという欠点がある。

1 と同時に　　2 かぎり　　3 ばかりか　　4 反面

(平成17年)

～べき(だ)

應該～

[意味：～するほうがいい；～するのが当然だ]

[接続：Nである／NAである／Aくある／Vる–べき]

> 前接不具法律強制力的義務，意指說話者根據道德、常識提出個人見解或規勸。特殊動詞「する」接續時可作「するべき」或「すべき」。

[比較：～ものだ①]

◇人は誠実であるべきだ。

◇遺伝子組み換え食品を禁止すべきとの意見があります。

◇相手が困っているのに強引に誘うべきではない。

◇台湾では幼稚園から読み書きを覚えさせているが、子供はもっと遊ばせるべきだ。

◆ 人應該要誠實。

◆ 有意見說：應該禁止基因改造食品。

◆ 對方為難時就不應強迫邀約。

◆ 在台灣從幼稚園起就開始要求學讀寫，其實應該讓孩子多遊玩。

考古題

大学院は自分で研究を進めるところだから、先生に頼ろうとする＿＿＿。

1 はずではない　　　　2 ことではない

3 べきではない　　　　4 までではない

（平成16年）

（〜ば）〜ほど　なら

愈〜愈…

［意味：〜につれて、いっそう…の傾向が強まる］
［接続：Nほど；（NAなら）NAな−ほど；
　　　（Aければ）Aい−ほど；（Vば）Vる−ほど］

> 表示等比變化，愈符合前項或隨著前項動作、狀態的加深，後項就愈成立。

◇きれいな女の人ほど不細工な男とつきあっていることが多い。

◇機能が単純なら単純なほど操作も簡単です。

◇親が教育に熱心になるほど子供は学習意欲をなくしていく。

◇彼女のことを知れば知るほど好きになる。

◆ 越是漂亮的女人，往往越跟其貌不揚的男人交往。
◆ 機能越單純，操作也會越簡單。
◆ 越是熱心於教育的雙親，越會扼殺孩子的學習意願。
◆ 越知道她的事就越喜歡她。

考古題

主婦のアイディアを採り入れた新製品は、おもしろい＿＿＿＿よく売れた。

1 ほど　　　　2 こそ　　　　3 あまり　　　　4 ばかり

（平成13年）

～まい

①不～　②不會～吧

[意味：①絶対に～しない　②～ないだろう]
[接続：Vる-まい（参見辨析17）]

> 書面語。前接動詞作①第一人稱的否定意志用法，等於口語的「～ないつもりだ」；②用於他人時，則表示說話者的否定臆測。注意與各類動詞的接續。

◇髪の毛の入ったラーメンを出しておきながら、あやまりもしない。もうこんな店には二度と来るまい。（①）

◇これ以上甘いものは食べまいと決心したのに、やっぱり食べてしまった。（①）

◇行こうか行くまいか迷ったが、結局行かないことにした。（①）

◇いくらお金に困っていても彼は犯罪など犯すまい。（②）

◆ 端出了裡面有頭髮的拉麵，卻連個道歉也沒有。這樣的店再也不來了。
◆ 雖然決定絕不再多吃甜食，結果還是吃了。
◆ 猶豫著去還是不去，最後決定不去了。
◆ 再怎麼缺錢他也不會犯罪。

─ 考古題 ●─

自分の目で確かめない限り、そんな恐ろしいことはだれも＿＿＿。

1 信じまい　　　2 信じかねない
3 信じよう　　　4 信じきれる

（平成16年）

～向きだ ～に・の

適合～

[意味：～に合う]
[接続：N向きだ]

造語，前接名詞，形容事物屬性適合的對象或用途。

[比較：～向けだ]

◇このデザインはどちらかというと女性向きでしょう。

◇この部屋は一人暮らし向きですが、こちらは家族向きに
キッチンが大きく設計されています。

◇子供向きの本は漢字にふりがなもついているし、きれい
な絵も多い。

◆ 這種設計若要區別的話，比較適合女性吧。

◆ 這間房間適合一個人住；這邊則是適合家庭居住，設計了寬敞的廚
房。

◆ 適合小孩子的書不僅漢字加註讀音，也有許多漂亮的插圖。

～<ruby>向<rt>む</rt></ruby>けだ ⌃ に・の

針對～；為～而作

[意味：～を対象にして；～のために]
[接続：N向けだ]

> 造語，前接名詞，表示事物設定的標的對象或方向，迎合其需要去進行設計、規劃。

[比較：～向きだ]

◇この雑誌は<ruby>主婦<rt>しゅふ</rt></ruby>向けだが、最近は<ruby>読者層<rt>どくしゃそう</rt></ruby>が<ruby>広<rt>ひろ</rt></ruby>がって若い女性にも売れている。

◇この時計は男性向けにデザインされたものですが、女性にもお使いいただけます。

◇これは専門家向けの本です。<ruby>一般<rt>いっぱん</rt></ruby>の人にはわかりにくいかもしれません。

◆ 這本雜誌是專為主婦而作的，最近讀者層擴大，在年輕女性中也賣得不錯。
◆ 這款手錶雖是針對男性而設計，但也適合女性使用。
◆ 這是一本供專業人士閱讀的書，一般人或許很難讀懂。

考古題

この映画は大人向けなので、子どもは＿＿＿。

1 見てもおもしろい　　　2 見てもつまらない

3 見るところだ　　　　　4 見るところではない

（平成12年）

～も～ば、～も^なら

～也～也；既～又～

[意味：～も～だし、～も…]
[接続：Nも　NAなら(ば)/Aければ/Vば　Nも]

> 相當於「～し」，表示列舉事證，援引二項相同評價的例子印證自己的主張，為慣用用法。

◇この村は住民も親切なら食べ物もうまい。こんな所に住みたいものだ。

◇夫は稼ぎも悪ければ、家事も手伝わない。どうしてこんな人と結婚してしまったんだろう。

◇私の祖父は80になるというのに元気で、歌も歌えば、踊りも踊る。

◆ 這個村莊的居民既親切，食物又美味，真想住在這樣的地方。
◆ 丈夫既不會賺錢，又不會幫忙家事，我怎麼會跟這樣的人結婚呢。
◆ 我的祖父雖然即將80歲，還是精神奕奕，既會唱歌又會跳舞。

考古題

うちの子はまだ中学生だが、料理も＿＿＿、洗濯もしてくれる。

1 作れば　　　　　　2 作ったら
3 作るばかりに　　　4 作らず

(平成17年)

～（に）もかまわず

不顧～；無視於～

[意味：～も気にしないで]

[接続：Nもかまわず （Vの-もかまわず）]

> 表示不將某項事物放在心上，不以為意，並逕自進行後項動作。「人目もかまわず」為常見的慣用語。

[比較：～にもかかわらず]

◇ 周囲(しゅうい)からの激(はげ)しい反対もかまわず、彼は自分の意志(いし)を貫(つらぬ)いた。

◇ 遠距離恋愛(えんきょりれんあい)の二人は１年ぶりの再会に、人目(ひとめ)もかまわず抱(だ)き合(あ)った。

◇ 腹(はら)を立てた彼女は、僕が必死(ひっし)で呼び止めるのにもかまわず部屋を出て行った。

◆ 不顧周遭激烈的反對，他還是貫徹了自己的信念。

◆ 相隔遙遠談戀愛的兩人，於一年之後的再次見面時，不在乎旁人的眼光相擁一起。

◆ 不顧我拼命地叫喊與挽留，她還是生氣地走出房間了。

考古題

彼は、けがをした足が痛むのもかまわず、＿＿＿。

1 大事な会議に欠席した

2 医者に足をみてもらった

3 工事現場を見てまわった

4 骨折していることがわかった

（平成13年）

〜もの ＾ もん

因為〜；可是〜

[意味：〜のだから]

[接続：N(なん)だ/NA(なん)だ−もの；Aい(んだ)/V(んだ)−もの]

┃ 非正式用語，接在句尾表示原因說明，使用於說話者主
┃ 張自己的正當性時。常見於女性及孩童的日常對話，帶
┃ 點撒嬌的語氣。

[比較：〜ものだから]

◇今日は宿題が多いんだもん。早く帰ってやらなくちゃ。

◇Ａ：授業中居眠りするなんて、先生に失礼でしょう。

　Ｂ：だって眠かったんだもの。

◇Ａ：あれ、まだ出かけないの。

　Ｂ：雪が降ってるんだもの。行きたくないわ。

◆ 因為今天功課很多哪。必須早點回家做。

◆ Ａ：你竟然上課打瞌睡，對老師很不禮貌耶。
　 Ｂ：可是人家真的很睏嘛！

◆ Ａ：咦，你還沒出去啊？
　 Ｂ：因為下雪了啊。不想去了。

～ものか ～もん

才不～呢

[意味：～ことが絶対にない]

[接続：NAな-ものか；Aい-ものか；Vる-ものか]

| 置於句尾，音調下降，表示斬釘截鐵的否定態度，反駁前文。「～もんか」為俚俗說法，語帶輕蔑。

◇A：原子力発電は安全だってテレビで言ってたけど…。

　B：安全なもんか。どこの誰がそんなこと言ってたの。

◇A：昨日のデートどうだった。楽しかった。

　B：楽しいもんか。彼女の買い物につきあわされてまいったよ。

◇せっかく手伝ってあげたのにお礼一つ言わないなんて。

　もう二度と手伝ってやるもんか。

◆ A：電視上說核能發電很安全，可是……。
　　B：才不安全呢！哪裡的哪個傢伙這麼說的？
◆ A：昨天的約會如何？很開心吧？
　　B：才不開心呢！被迫陪她逛街買東西真是敗給她了。
◆ 特地來幫忙卻連一句謝謝的話都沒說，下次我才不幫忙呢。

～ものがある

真是～

[意味：～感じがする]
[接続：NAな/Aい/Vる-ものがある]

> 表示說話者感受到話題事物中，有著某種令人感嘆且難以言喻的特質。常作「···に～ものがある」。

[比較：～というものだ]

◇彼のお金に対する執念深さには恐ろしいものがある。
◇その風景の美しさは筆舌に尽くしがたいものがある。
◇この子の記憶力のすばらしさには驚かされるものがある。
◇日本の天井とも言われる中央アルプスの山は壮大なものがある。

◆ 他對錢財的執著之深，真是可怕。
◆ 那片風景之美，真是筆墨難以形容。
◆ 這個孩子的記性之好令人吃驚。
◆ 有「日本屋脊」之稱的中央阿爾卑斯山真是宏偉。

考古題

彼女の演奏には、人の心を＿＿＿＿。

1 動くことである　　　2 動かすことである
3 動くものがある　　　4 動かすものがある

(平成14年)

～ものだ　①

理當～；理該～

[意味：～するのが当然だ]

[接続：Vる/Vない－ものだ]

表示符合社會意識的看法，前接人們長久以來的認知、常理等，時而帶點說教的意味，此時可等同「～べきだ」。

[比較：～べき(だ)]

◇父は相当な時代遅れで、いまだに家事は女がするものだなどと言っている。

◇昔は男は厨房に入るものではないと言われていたそうだ。

◇子供は親に反抗するものではない。不平不満も言わないものだ。

◆ 爸爸相當古板，到現在還說些家事理該由女生來做之類的話。

◆ 聽說從前有人說：君子遠庖廚。

◆ 孩子不應違抗父母，也應該不發牢騷。

--- 考古題 ---

今年の夏は暑いのに、クーラーがさっぱり売れない。暑い夏ほどクーラーは ＿＿＿＿ と言われているが、違うんだろうか。

1 売れることだ　　　　2 売れるものだ

3 売れるわけがない　　4 売れようがない

(平成13年)

〜ものだ　②

真的是〜呢

［意味：本当に〜だなあ］
［接続：Ｖ-ものだ］

▌置於句尾，表示感慨的心情，當前接過去的習慣或熟悉事物時，帶有強烈的回憶情緒。

[比較：〜たいものだ]

◇悪いことはできないものだ。

◇しばらく会わない間に息子は大きくなったものだ。

◇大学時代は夏は海、冬はスキーとよく遊びに行ったものだ。

◇私の子供の頃は、畑の野菜や果物を盗んで食べてよく怒られたものです。

◆ 壞事真的不能做！
◆ 一陣子不見，兒子長大了呢！
◆ 大學時代時，夏天就到海邊，冬天就去滑雪，經常出外遊玩呢！
◆ 我小時候因常偷吃田裡的蔬菜或水果被人罵呢！

～ものだから

是因為～

[意味：～から]

[接続：Nな／NAな／Aい／V-ものだから]

口語，表示原因、理由，解釋後述結果的成因。語氣中帶有沒有刻意但結果就是如此之意，注意不可後接意志、命令表現。

[比較：～もの]

◇わが家では僕も妻も料理をするのが嫌なものだから、毎日外食になっている。

◇店員さんの口がうまいものだから、ついついその気になって買ってしまった。

◇いつも無口な彼が突然「愛している」などと言うものだから、びっくりしてコーヒーをこぼしてしまった。

◆ 因為我家我和太太都討厭開伙，所以就變成每天都外食。

◆ 因為店員的百般鼓吹，不知不覺聽信就買了。

◆ 因為經常沉默寡言的他突然對我說什麼「我愛妳」，害我嚇了一跳，把咖啡都打翻了。

考古題

前から欲しかった本がやっと手に入った＿＿＿、早速徹夜して終わりまで読んでしまった。

1 ものだから　　　　2 ことだから

3 ものでも　　　　　4 ことでも

（平成14年）

～ものなら

如果可以～的話

[意味：もし～できれば]

[接続：V＜可能＞-ものなら]

> 表示嘗試假設，前接可能動詞，而且可能性通常不高；當前後為同一動詞時，如「行けるものなら行く、読めるものなら読む」，更是強調認為該動作毫無實現的可能。

◇できるものなら、仕事も人間関係もすべて忘れてどこかへ行ってしまいたい。

◇やれるものならやってみろ。

◇行けるものなら行きたいけど、今忙しくて時間がないんだ。

◆ 如果可以的話，真想拋下工作和所有人，忘卻一切去某個地方靜一靜。

◆ 辦得到的話，你就做看看呀。

◆ 要是可以去的話我也想去，可是現在這麼忙根本沒時間啊。

考古題

あの日の記憶を＿＿＿ものなら消してしまいたい。

1 消す　　　2 消せる　　　3 消そう　　　4 消した

（平成18年）

～ものの

雖然～

[意味：～だが]

[接続：NAな／Aい／V－ものの；Nと(は)いうものの]

逆接用法，表示消極承認某項事實，只是仍有不足或未如預期之處，後接補充說明。「Nと(は)いうものの」，意指名義上雖如此。

[比較：～といっても]

◇彼は背は高いものの、少し太り気味なのでモデル体型(たいけい)とは言いがたい。

◇友達に薦(すす)められてイタリア語の勉強を始めたものの、単(たん)語(ご)さえ覚えられずやめてしまった。

◇台北の12月は冬というもののそれほど寒さを感じない。

◆ 她雖然個子高，但因有一點點胖，實在稱不上是模特兒身材。

◆ 雖然在朋友的推薦下開始學義大利文，但卻連生字都記不住，只好放棄。

◆ 臺北的12月雖說是冬天卻不覺得那麼冷。

考古題

あの映画は一度見た＿＿＿、話の筋(すじ)がまったくわからなかった。

1 ものなので　　2 ものの　　3 ものなら　　4 ものから

(平成16年)

～やら～やら

～也～也；又～又～

[意味：～とか～とか；～たり～たり]

[接続：NやらNやら；NA-やらNA-やら；
　　　Aい-やらAい-やら；Vる-やらVる-やら]

表示從繁雜的同類事項中試圖舉出幾例作代表，暗示還有其他。常有「大変だ」的含義。

◇ 期末は試験やらレポートやらで学生にとって一番忙しい時期です。

◇ 息子が結婚すると聞いた時、うれしいやら寂しいやら複雑な気持ちだった。

◇ 彼女は突然家にやってきて、泣くやらわめくやら延々と彼氏の話を続けた。

◆ 學期末時又是考試又要交報告，對學生來說是最忙的時候。

◆ 聽到兒子要結婚的消息，既高興又寂寞，心情非常複雜。

◆ 她突然來到我家，又哭又叫地喋喋不休述說著男朋友的事。

--- 考古題 ---

ポケットにはハンカチ＿＿＿＿ガム＿＿＿＿が入っている。

1 も　も　　　　　　2 や　や

3 など　など　　　　4 やら　やら

（平成10年）

～ようがない ^も

無法～

[意味：～したくても～できない]
[接続：R−ようがない]

┃表示有心想做但無從做起。這裡的「よう」為接尾語，
┃意思是「方法」，搭配動詞連用形構成名詞。

◇このような手紙には、こちらも返事の書きようがない。

◇住所も電話番号もわからなかったので、連絡しようがな
　かったんです。

◇イタリアへ行った時、イタリア語ができないので道がわ
　からなくても、聞きようもなかった。

◆ 這樣的信，就算我想回也沒辦法回。
◆ 既無地址也無電話號碼，就算想聯絡也沒辦法。
◆ 去義大利的時候，因為不會講義大利文，就算不知道路，也沒法問。

考古題

なぜ彼女を好きになってしまったのかは、説明の＿＿＿。

１ わけがない　　　　２ もとがない

３ しだいがない　　　４ しようがない

（平成13年）

～ように

為了～

[意味：～ために]
[接続：Vる/Vない-ように]

> 表示希望達成的目標狀態，前面主要接可能動詞，若是一般動詞，通常是作否定形或是非意志動詞。

[參見：辨析18]

◇よく聞こえるように大きい声で話してください。

◇日本語が上手になるように毎日練習しています。

◇忘れないようにメモをとっておきます。

◇風邪をひかないように暖かい服を着ます。

◆ 請大聲說話以便聽得清楚。
◆ 為了使日文變好，每天練習。
◆ 寫備忘錄以防忘記。
◆ 穿暖和的衣服以防感冒。

考古題

親は子供が病気に＿＿＿ように、健康に気をつけている。

1 ならなかった　　　2 なれない

3 なった　　　　　　4 ならない

(平成16年)

～わけがない は

沒道理～；不可能～

[意味：絶対に～ない]

[接続：Nな/NAな/Aい/V-わけがない]

> 表示說話者主觀認定某件事沒有成立的道理。有時也可解釋作「不可能～」，此時等於「～はずがない」「～っこない」。

[比較：～っこない]

◇A：日曜日、暇？

　B：暇なわけはないよ。仕事で忙しいんだから。

◇日本は温帯気候の国なのだから、熱帯フルーツがおいしいわけがないよ。

◇安月給の彼に100万円の時計なんて買えるわけがない。

◆ A：星期天有空嗎？

　 B：怎麼可能有空。工作那麼忙。

◆ 日本因為是溫帶氣候的國家，(生產的)熱帶水果不可能好吃的。

◆ 薪資微薄的他不可能買得起什麼百萬日圓的手錶。

考古題

あの正直な彼がうそをついて人をだましたりする＿＿＿。

1 べきでない　　　　2 わけがない

3 ほかはない　　　　4 にすぎない

(平成14年)

～わけだ

所以～

［意味：当然～という結果になる］

［接続：Nな／NAな／Aい／V–わけだ］

‖ 置於句尾，表示針對前文統整訊息後，順理成章得出
的結論或原因推論。

[比較：～ということだ]

◇A：彼女は５年間スペインに留学していたそうです。

　B：道理<ruby>道理<rt>どうり</rt></ruby>でスペイン語が上手なわけだ。

◇りんごは全部で７つある。３人に２つずつあげれば１つ
　残るわけだ。

◇私は５年前台湾に来た。つまり５年間台湾に住んでいるわ
　けだが、バイクが突進<ruby><rt>とっしん</rt></ruby>してくるのにはいまだに慣れない。

◆ A：據説她留學西班牙５年。
　　B：怪不得她的西班牙文説得好。

◆ 蘋果總共有７個，３個人每人各給２個的話，還剩１個。

◆ 我是５年前來到台灣，也就是説在台灣已經住了５年，但是對於摩托車
　橫衝直撞的情況至今還是不習慣。

～わけではない も

並非～

[意味：～ということではない]

[接続：Nな／NAな／Aい／V−わけではない]

「～わけだ」的否定用法，表示針對前文的訊息，容易因此想當然爾的錯誤推論並不成立。

[比較：～わけだ]

◇鈴木さんはよく「日本へ帰りたい」と言うが、台湾が嫌いなわけではないんだよ。ホームシックにかかっているだけだ。

◇外国人に話しかけられると戸惑(とまど)う日本人が多い。英語ができないわけではないが、英語を使う機会があまりないので慣れないのだ。

◆ 鈴木先生雖然經常說「想回日本」，但並不是討厭台灣，只是患了思鄉病罷了。

◆ 一有外國人來找講話就傷腦筋的日本人很多，他們並非不會英文，只是因為不太有機會使用英文，所以不習慣。

考古題

最近の子どもはテレビゲームばかりしているようだが、必ずしも外で遊ばない＿＿＿。

1 わけになる　　　2 わけだろう

3 わけではない　　4 わけであった

（平成16年）

～わけにはいかない ＾も

不能～

[意味：～できない]

[接続：Vる／Vない-わけにはいかない]

前接動作，表示基於社會常理或經驗值，認為在情理上無法照做。前接否定時，「～ないわけにはいかない」相當於「～ざるをえない」。

[比較：～ざるをえない、～しかない]

◇ 熱もあるし体もだるいが、今日は大切な試験の日なので休むわけにはいかない。

◇ 見た目はあまりおいしそうではないが、彼女が僕のために作ったものだから食べないわけにはいかない。

◇ 社長に飲みに誘われたら行かないわけにはいかない。

◆ 又發燒又全身無力，但由於今天是重要考試的日子，也不能在家休息。

◆ 看起來就不太好吃的樣子，可是因為是她親手為我做的，又不能不吃。

◆ 總經理邀約喝酒的話，就不能不去。

考古題

あしたはほかの仕事をしなければならないのだから、この仕事をやりかけのまま、帰る＿＿＿＿。

1 せいだ　　　　　　　2 ものである

3 ことにはならない　　4 わけにはいかない

（平成15年）

～わりに(は)

～但是…；～相形之下…

[意味：～のに…；～にしては…]
[接続：Nの/NAな/Aい/V-わりに]

表示某項事物的表現不符合人們一般的期待，二者之間不成正比。「わりに」可寫作「割に」。

[參見：辨析14]

◇由美子さんは年齢のわりには若く見えます。

◇あの観光地は有名なわりには観光客が少ない。

◇このりんごは値段が安いわりに甘くておいしい。

◇王さんの日本語は日本で勉強したわりには上手じゃない。

◆ 以年齡來說，由美子小姐看起來很年輕。
◆ 那個觀光地區雖然頗負盛名，但觀光客卻很少。
◆ 這個蘋果價格雖然便宜，但很甘甜可口。
◆ 王先生的日文是在日本學的話，(這樣的程度)並不算好。

考古題

このレストランは、高い割には＿＿＿＿。

1 うまいとは言えない　　　2 うまくて当然だ

3 うまくてしようがない　　4 うまいと思う

(平成12年)

～を～として　とする・とした

以～作為～

［意味：～を～と見なして］

［接続：NをNとして］

▌表示賦予某人或事物一個定位，例如身分、形式或是目標等。亦可作「～を～に」。

◇このボランティア団体（だんたい）は彼をリーダーとして1999年に発（ほっ）足（そく）しました。

◇あなたはどんな時も彼女を妻として、ともに歩（あゆ）んでいくことを誓（ちか）いますか。

◇環境保護（かんきょうほご）をテーマとした国際（こくさい）会議が来年大阪で開（ひら）かれます。

◆ 這個義工團體是由他帶領，於1999年開始運作。

◆ 你發誓在任何時候都以她為妻、相互扶持嗎？

◆ 以環境保護為題的國際會議明年將在大阪召開。

考古題

投票の結果、山田氏を会長と＿＿＿＿ことに決定しました。

1 する　　　2 なる　　　3 とる　　　4 える

（平成12年）

～をきっかけに（して）／として

以～為開端；藉由～

[意味：～を機会に]

[接続：Nをきっかけに （Vの/こと-をきっかけに）]

表示事物的轉折，因此而有新的行動或改變。注意動詞句名詞化時須在句尾加上「の」或「こと」。

[比較：～を契機に（して）]

◇友人の交通事故をきっかけにして、私も安全運転を心がけるようになりました。

◇彼とは飛行機の座席がたまたま隣り合ったのをきっかけとして知り合ったのです。

◇学生時代台湾人の留学生と知り合ったのをきっかけに台湾に興味を持つようになりました。

◆ 藉由朋友的交通事故，我也開始留意小心開車了。

◆ 由於恰巧和他在飛機上比鄰而坐的機緣下結識了。

◆ 由於學生時代結識了台灣的留學生，而開始對台灣產生興趣。

考古題

田中さんは、あるパーティーで友達から一人の女性を紹介された。それを＿＿＿、田中さんはその女性と交際を始めたそうだ。

1 とわず　　2 はじめ　　3 こめて　　4 きっかけに

（平成15年）

～を契機に（して）^として

けいき

以～為開端；藉由～

[意味：～を機会に]

[接続：Nを契機に]

用法同「～をきっかけに」，但是較正式。「契機」為「きっかけ」的漢語說法，用法稍生硬，常作書面語。

[比較：～をきっかけに（して）]

◇今回の失敗を契機に今後の方針を改めましょう。
こんご　ほうしん　あたら

◇大震災を契機として、人々の防災への関心が高まりました。
だいしんさい　ひとびと　ぼうさい　たか

◇夫の退職と息子の独立を契機にして、私も第二の人生を考え始めた。
たいしょく　どくりつ

◆ 就將這次的失敗當成轉機，改正今後的方針吧。

◆ 由於大地震災害的發生，人人都提高了對防災的關心。

◆ 藉由丈夫退休、兒子長大獨立的機會，我也開始思考我的第二人生。

～をこめて

満懷～

［意味：～の気持ちを入れて］
［接続：Nをこめて］

> 慣用用法，前接思念、願望、愛恨等心意的字眼，表示傾注投入。「こめて」可寫作「込めて」。另名詞修飾時多改成自動詞「～のこもったN」的形式。

◇愛をこめてあなたにこの指輪を贈ります。

◇バレンタインデーに彼にプレゼントするために、心をこめてマフラーを編んでいます。

◇「合格できますように」と祈りをこめてお賽銭を投げた。

◇家に帰ると両親から心のこもった手紙が届いていました。

◆ 滿懷愛意要將這只戒指送給你。
◆ 為了在情人節當天送他禮物，我正在用心編織圍巾。
◆ 誠心祈禱「希望能考上」而投入許願錢幣。
◆ 一回到家就收到父母滿是關懷的信。

考古題

母の誕生日に、心____セーターを編んだ。

1 を通じて　2 を込めて　3 にかぎって　4 において

（平成16年）

～を中心に（して）^として

以～為中心

[意味：～を主に]
[接続：Nを中心に]

▌前接人或事物，表示以此為核心進行發展。

[比較：～をめぐって]

◇地球は太陽を中心に回っている。

◇台湾では、日本の大衆文化が若者を中心に人気を得ている。

◇社長を中心に社員一丸となってこの不況を乗り越えましょう。

◇このボランティア団体は田中さんを中心として活動している。

◆ 地球以太陽為中心運轉。
◆ 日本的大眾文化在台灣是以年輕人為主而大受歡迎。
◆ 以總經理馬首是瞻，員工們團結一心，一起度過這一次的不景氣吧。
◆ 這個義工團體是以田中先生為主要核心而運作的。

考古題

午前中は文法を勉強する。午後は会話＿＿＿勉強することになっている。

1 をこめて　　2 ばかりに　　3 に向けて　　4 を中心に

（平成10年）

～を通じて／通して

透過～

[意味：～を経由して；～を介して]

[接続：Nを通じて]

> 表示訊息傳達或締結關係的管道、媒介，注意勿與表示交通途徑的「～を通って(経由)」弄混了，例如「このバスは台中を通って高雄まで行きます」。

◇その話は山田さんを通じて聞きました。

◇彼とはインターネットを通じて知り合ったんです。

◇あの女優はマネージャーを通してスケジュールの確認をしないと、アポイントはとれません。

◆ 那件事是透過山田先生聽到的。

◆ 與他是透過網路認識的

◆ 若不透過經紀人跟那位女演員確認行程的話，是約不到她的。

考古題

先輩＿＿＿、入学試験の案内をもらった。

1 でもって　　2 にそって　　3 にとって　　4 をとおして

（平成14年）

～を問わず〔は〕

不限～；不拘～

[意味：～に関係なく]
[接続：Nを問わず]

> 前接對立詞或多選項，表示一切沒有限定，「不要求～」之意。用法類似「～にかかわらず」。

[比較：～にかかわらず]

◇男女を問わず、結婚したくないという若者が増えた。
◇浪人時代は昼夜を問わず勉強に明け暮れた。
◇我が社では能力があれば年齢や学歴を問わず出世できます。
◇新しいレストランのスタッフは経験の有無は問わず、募集しています。

◆ 不論男女，表明不想結婚的年輕人變多了。
◆ 重考的期間不論晝夜都專心埋首於唸書。
◆ 在我們公司只要有能力，不論年齡或學歷都能出頭天。
◆ 新餐廳正在招募員工，不論經驗有無。

考古題

この公園では、季節を＿＿＿＿美しい花が見られます。

1 除き　　　2 問わず　　　3 こめて　　　4 はじめ

(平成18年)

～をぬきにして(は)^は

省去～；撇開～

[意味：～を入れないで；～を除いて]
[接続：Nをぬきにして]

> 表示在扣除了某項要素的前提下進行。常用於強調某
> 人或事物的重要，表示「缺了～就談不成」。「～はぬきに
> して」為督促省去瑣事時的慣用表現。　[比較：～ぬきで]

◇夏目漱石の作品は「坊ちゃん」をぬきにしては語れません。

◇日本の春といえば桜です。桜をぬきにしては考えられません。

◇前置きはぬきにして、早く本題に入りましょう。

◇今日は仕事の話はぬきにして、楽しみましょう。

◆ 夏目漱石的作品若撇開「少爺」，則無從談起。
◆ 講到日本的春天就是櫻花，沒有櫻花則無從想像。
◆ 省去開場白，快快進入主題吧。
◆ 今天就不講工作的事，大家盡情歡樂吧。

考古題

かたいあいさつは＿＿＿＿、さっそく乾杯しましょう。

1 ぬかずに　　　　　2 ぬくものか

3 ぬきながら　　　　4 ぬきにして

（平成18年）

～をはじめ（とする）

從～開始；以～為首

［意味：～を第一の例として］
［接続：Ｎをはじめ］

▌前項列舉最具代表性的例子，以此帶出其他同類事物，談論其共同現象。名詞修飾時作「～をはじめとするＮ」。

◇台北には故宮博物院をはじめ、中正紀念堂、龍山寺などさまざまな観光スポットがあります。

◇台湾訪問の際には、陳さんをはじめ多くの方のお世話になりました。

◇アメリカをはじめとする多くの国でテロ防止のために、いろいろな対策が行われている。

◆ 臺北以故宮為主，另有中正紀念堂、龍山寺等各式各樣的觀光景點。
◆ 訪問台灣之際，受到陳先生還有許多人的照顧。
◆ 以美國為首的眾多國家，為了防杜恐怖行動而採行了各項對策。

―― 考古題 ●――

私たちの町にはこのお寺を＿＿＿、いろいろな古い建物がある。

1 ぬきに　　2 はじめ　　3 ともなって　　4 こめて

（平成17年）

～をめぐって　めぐり・めぐる

有關～；針對～

[意味：～について]
[接続：Nをめぐって]

表示行動或話題爭議的焦點，後文為圍繞著該議題所進行的有關探討、爭論、對立等。「～をめぐるN」為名詞修飾的用法。

[比較：～を中心に（して）]

◇原子力発電所の建設をめぐって、国と付近住民が争っている。

◇国営企業の民営化をめぐり、さまざまな意見が出された。

◇不況のためか、最近金銭の貸し借りをめぐるトラブルが続出しているそうだ。

◆ 有關核能發電廠的建設，附近的居民與國家抗爭中。

◆ 有關國營企業的民營化，有多方不同的意見出現。

◆ 不知道是不是景氣不好的關係，聽說最近有關金錢借貸的糾紛層出不窮。

考古題

外国人社員の労働条件を＿＿＿、会社側と労働者側が対立している。

1 まわって　　2 わたって　　3 めぐって　　4 かねて

（平成16年）

左側縱書：2級文法一把抓

〜をもとに（して）

以〜為基礎

[意味：〜を基本にして]
[接続：Nをもとに]

> 表示以某項事物為基礎。主要用於具體動作，例如作為創作題材或行動時的參考，不像「〜に基づいて」偏重於精神層面的依據。

[參見：辨析15]

◇ この映画は事実をもとに作られました。

◇ ヨーロッパでは日本の着物をもとにデザインした洋服が注目を集めているそうだ。

◇ 最近の流行歌にはクラシックの有名な曲をもとにして、作られたものがある。

◆ 這部電影是根據事實而改編。
◆ 聽說以日本的和服為藍本而設計的服裝正在歐洲受到矚目。
◆ 最近的流行歌曲有些是以經典名曲為藍本而改編。

— 考古題 —

日本語のクラスは、テストの点数と今までの学習期間を＿＿＿決定される。

1 もとに　　2 かねて　　3 こめて　　4 めぐって

（平成15年）

附錄

辨析 *1*

「Nのあまり（に）」亦可改成「あまりのNに」，意思不變。作此用法時，N通常爲形容詞性名詞，即語幹加「さ」，例如「寒さ、寂しさ、難しさ…」。

◆ 暑さのあまりに（＝あまりの暑さに）何もやる気が起こらない。
（太過炎熱，什麼事情也不想做。）

辨析 *2* p26

注意！有些非正當的理由，例如百貨公司開始打折所以認爲非去血拼不可的這類似是而非的想法，就不合適套用本句型。其他作相同用法的還有「～上は、～からには」。

◆ （✕）バーゲンセールが始まった<u>以上</u>、新しい服を買う。

辨析 *3* p55

「～から見ると」「～からすると」「～から言うと」都是指依據前項做出後項論述。其異同處爲：

1. 「～から見ると」「～から言うと」的前項可以是評論的事項，表示層面。

◆（○）鈴木さんは能力から見ると、すばらしい人です。
◆（○）鈴木さんは能力から言うと、すばらしい人です。
　　　（就能力而言，鈴木先生是個優秀人材。）

◆（×）鈴木さんは能力<u>からすると</u>、すばらしい人です。

2. 三者的前項都可以是發話的觀點、立場。
◆（○）消費者の立場から見ると、買うものは安いだけよい。
◆（○）消費者の立場から言うと、買うものは安いだけよい。
◆（○）消費者の立場からすると、買うものは安いだけよい。
　　　（站在消費者的立場，買東西只要便宜就好。）

◆（○）私の考え方からすると、鈴木さんはすばらしい人です。
　　　（在我認為，鈴木先生是個優秀人材。）

3. 「〜から見ると」「〜からすると」的前項可直接是人，表示站在某人的立場。
◆（○）私から見ると、羨ましい限りです。
◆（○）私からすると、羨ましい限りです。
　　　（在我看來，真是無比羨慕。）

◆（×）私<u>から言うと</u>、羨ましい限りです。

4. 「〜からすると」的前項可以是跡象或證據等，表示判斷的線索（註：此為「〜からすると」的主要用法）。
◆ 記録からすると競争は激化（げきか）する一方である。
　（記錄顯示，競爭愈來愈激烈。）
◆ 彼女の態度からすると君のことを気にかけているようだ。
　（從她的態度看來，似乎蠻關心你的事。）

附錄

辨析 4

p98

1. 所謂不具「方向性、漸進意象」的動詞，指的是「食べる、泣く」這類一般動作，這些並不適合拿來套用「～つつある」的句型。

◈ (✕)食べつつある ◈ (✕)泣きつつある

2. 「～つつある」亦可代換成「～ている」，但如果動詞是「消える、死ぬ、変わる」等瞬間動詞時則無法替換。

◈ 増えつつある ＝ 増えている （增加中）
◈ 成長しつつある＝ 成長している （成長中）

◈ 死につつある （逐漸死去）≠死んでいる （死了的狀態）
◈ 消えつつある （漸漸消失）≠消えている （消失的狀態）

辨析 5

p103

「～てならない」和「～てたまらない」「～てしょうがない」都是用於形容第一人稱的某種強烈感受，其異同處為：

1. 「～てならない」主要用於強調出於自發、無法抑制的思緒或心情。

◈ (○)気がしてならない (忍不住介意起來)
◈ (○)不思議でならない (不由得感到不可思議)

2. 「～てたまらない」強調其感受強烈到幾乎無法忍受。

附錄 辨析

◆ (〇)暑くてたまらない　(熱得受不了)

◆ (〇)好きでたまらない　(喜歡得不得了)

3. 「～てしょうがない」與「～てたまらない」幾乎同義，但對於該項感受是處於無計可施、投降的心態。

◆ (〇)かゆくてしょうがない　(癢極了[但是沒輒])

◆ (〇)かゆくてたまらない　(癢得受不了)

◆ (〇)可愛くてしょうがない　(可愛得要命)

◆ (〇)可愛くてたまらない　(可愛得不得了)

4. 「～てしょうがない」也常用於自然的生理反應。

◆ (〇)喉が渇いてしょうがない。(喉嚨渴極了。)

◆ (△)喉が渇いてたまらない。

5. 「～てしょうがない」前面亦可接令說話者困擾的事物。

◆ (〇)子供が泣いてしょうがない。　(小孩哭個不停。)

◆ (✗)子供が泣いてたまらない。

6. 當要形容第三人稱強烈的感覺、情緒時，三者都須加上「らしい、ようだ、そうだ」等表示推量。

◆ (✗)息子は試合に負けたのが悔しくてしょうがない。

◆ (〇)息子は試合に負けたのが悔しくてしょうがないらしい。

　　　(兒子對於輸了比賽這件事似乎極為懊惱。)

辨析 6 p106

作話題聯想時，依照一般慣用的比例為：

「～といえば」＞「～というと」＞「～といったら」

1. 假設形態的「～といえば」連結的前後文較鬆散，常表示從話題聯想到其他不相關的事，作聯想的靈感使用。

◆ A：最近、料理教室でイタリア料理を習っているんです。

(我最近在烹飪教室學做義大利菜。)

　　B：イタリア料理といえば（×というと）、駅前のあの店、つぶれそうだって友達が言ってましたよ。

(說到義大利菜，聽我朋友說站前那家店快倒了。)

2. 「～というと」連結的前後文較緊密，可用於延續對方的話題，確認其內容。

◆ A：鈴木さんから電話がありましたよ。

(鈴木小姐有打電話找你。)

　　B：鈴木さんというと（×といえば）、あのキャンペンガールのことですか。

(你說的鈴木小姐是指那個展場女郎嗎？)

3. 「～といったら」也作話題聯想，但是更常作強調用法，用於特別提出話題抒發感想。

◆ 夏といったら祭りだ。　　(提到夏天就想到廟會。)

◆ 焼肉といったらやっぱりこの店が一番だと思う。

(說到烤肉，我覺得還是這家店最好吃。)

辨析 7

p110

此用法經常前接形容詞或是由形容詞轉化的名詞，如「寂しさ、面白さ、つらさ、美しさ」等，作「〜といったらない」或「〜といったらありはしない」的形式，表示評價，強調程度極端。

※註：「〜といったらない」「〜といったらありはしない」為1級句型。

◆ 最近は簡単な計算さえできない大学生がいるそうだ。情けなさといったらない。

(聽說最近有大學生連簡單的計算都不會，真是太丟臉了！)

◆ 試験の日に寝坊をした弟の慌てようといったらなかった。

(沒有比考試日睡過頭的弟弟的慌張模樣更令人印象深刻的了。)

辨析 8

p113

「Nどおりに」亦可作「Nのとおりに」，注意「通り」的發音，一個有濁音，一個是清音。

◆ 業績は予想どおりに(＝予想のとおりに)推移しております。

(業績一如預期發展。)

附錄 辨析

辨析 9 *p114*

以下三句例句都是聽說對方在經營一家公司，不同的是第一、二句，說話者對於傳聞的內容正確性沒有懷疑，但第三句則是表示記得這麼聽說，但不確定自己傳述的內容是否正確無誤。

1. 会社を経営なさっているそうだ。
2. 会社を経営なさっているということだ。

(聽說目前在經營一家公司。)

3. 会社を経営なさっているとか。

(聽說目前在經營一家公司的樣子[但不是很肯定]。)

作此用法時，可將「～ところ」整句視同一個名詞，接續各種助詞：

1. 「～ところに」「～ところへ」表示動作正進行到某階段時，有意外狀況插入。

◆ 列に並んでいるところに知らない人が割り込んで入ってくる。
（正在排隊時，有陌生人插隊。）

◆ おなかが空いているところへいい匂いがした。
（就在肚子正餓時，聞到好香的味道。）

2. 「～ところを」作受詞使用，表示進行到某階段的動作受到另一項動作的影響，即「正在～時候，(被)…」，後面常搭配的動詞有「見る、見付かる、発見する、呼び止める、捕まる、助ける、救う」等。

◆ 命が危ないところを救われました。
（在性命危急時得救了！）

◆ まずいところを見られてしまった。
（被看到難堪的時候！）

3. 「～ところを」的慣用表現「～ところを見ると」，表示從實際觀察經驗作判斷、推量。

◆ 笑顔だったところをみるとすべてうまくいったにちがいない。
（從當時的笑容來看，一定是一切都進行得很順利。）

附錄

辨析

辨析 11 p141

仔細區分「〜に際して」和「〜際」「〜にあたって」，可以發現「〜に際して」和「〜にあたって」的用法較類似，和「〜際」的差異反而較大，這點可從前面的接續得知：

1. 「〜際」前面的動詞不限定時態，意思及用法都同「〜時」。

◆ 来月娘がそちらへ伺った際にはよろしくお願いします。

  （下個月我女兒到您那拜訪時，請多關照。）

2. 「〜に際して」和「〜にあたって」前面為名詞或動詞辭書形，只能表示面臨事件發生，或是在要做某動作時。

◆ 受験に際しては、本人確認を行います。

  （在要進行考試時，會做身分確認。）

◆ 本サイトを利用されるにあたっては、注意点をお読みください。

  （在使用本網站之前，請先閱讀注意事項。）

3. 「〜に際して」和「〜にあたって」兩者的使用區別不大。若真要仔細區別，「〜に際して」較著眼於當時的時機會進行何種動作。「〜にあたって」的焦點則是擺在前項，即面臨何種處境或場合，常用於致詞或正式文中。

◆ 売買を行うに際して、手数料がかかります。

  （在進行交易時，會收取手續費。）

◆ 相手方と交渉をするにあたって、まず考えることは何ですか。

  （在與對方進行交涉時，首先要考慮的事情是什麼？）

「～に伴って」和「～にしたがって」「～につれて」在用法上的
異同如下：

1. 「に伴って」的前後文狀態必須一致：前接動作時，後文爲
   連帶的變動結果。前接變化時，後文爲同步的變化過程。

◆（✕）結婚するに伴って、責任を感じるようになってきた。
　（〇）結婚するに伴って、新しい家具をそろえた。
　　　　（隨著要結婚而買齊了家具。）

◆ 結婚式が近づくに伴って、彼女のことがますます愛^{いと}しくなってきた。
　　　　（隨著結婚典禮的逼近，我愈來愈愛我女朋友了。）

2. 「に伴って」與「～にしたがって」的後文可以是客觀結果，
   也可以是主觀意志。

◆ 結婚式が近づくにしたがって、彼女のことがますます愛しく
　 なってきた。

◆ 収入が増えるに伴って、毎月の貯金額も増やしていこうと思う。

◆ 収入が増えるにしたがって、毎月の貯金額も増やしていこうと思う。
　　　　（我打算隨著收入的增加，每個月也多存一些錢。）

3. 「～につれて」的後文不可以是主觀意志。

◆（✕）収入が増えるにつれて、毎月の貯金額も増やしていこう
　　 と思う。

辨析 13 p150

「～に対して」前面接的是動作的承受對象，人或事物皆可，若為議題，後面多半是「反論、反感、反抗、抗議」等關於表態的動作。與「～に関して、～について」為著眼於議題內涵的用法不同，須多留意。

◈ （○）この問題に対して抗議する。

（對這個問題提出抗議。）

◈ （✗）この問題に対して調べたい。

（○）この問題について調べたい。

（想針對這個問題作調查。）

辨析 14 p200

相較於類語「～にしては」為評判同一主體的表現與本身條件脫鉤，且前後句主語必須一致的用法；「～わりには」則是偏重強調前後項的表現不成比例，主語並不限定是同一個。

（✗）お兄さんがスポーツ万能にしては、太郎君はできない。

（○）お兄さんがスポーツ万能のわりには、太郎君はできない。

（相形於哥哥體育全能，太郎就不行。）

辨析 15

p211

「〜をもとに」多半與素材、題材等具體事物一起出現，相較之下，「〜に基づいて」則是指基本精神與判斷依據等抽象層面。

◆（✗）ひらがなとカタカナは漢字に基づいて作られた。

（○）ひらがなとカタカナは漢字をもとにして作られた。

（平假名與片假名是根據漢字來造字的。）

◆（✗）イスラム諸国ではイスラム教の教えをもとにした政治が行われている。

（○）イスラム諸国ではイスラム教の教えに基づいた政治が行われている。

（回教國家是遵循伊斯蘭教義施行政治。）

辨析 16

p169

「〜ぬく」和「〜きる」都可以表示完成某項動作，不同的是「〜ぬく」有克服困難的含意，而「〜きる」則單純是指徹底把動作做完：

◆（✗）このラーメンを5分で食べぬいたら無料にします。

（○）このラーメンを5分で食べきったら無料にします。

（如果可以在5分鐘內將這碗麵吃完的話，免費！）

附錄　辨析

辨析 17   *p180*

「～まい」與各類動詞的接續如下。

第Ⅰ類動詞：以辭書形接續。

◆ 「飲むまい」「行くまい」…

第Ⅱ類動詞：以辭書形接續，或去「る」直接加「まい」。

◆ 「食べるまい／食べまい」「いるまい／いまい」…

第Ⅲ類動詞：不規則變化。

◆ 「する」作「するまい／しまい／すまい」

◆ 「来る」作「くるまい／こまい」

辨析 18   *p195*

同樣是表示目的、目標，但類語「～ために」前面接續的是意志動詞的辭書形。

◆（×）日本へ行く<u>ように</u>貯金している。

（○）日本へ行く<u>ために</u>貯金している。

　　（為了去日本正在存錢。）

◆（×）日本へ行ける<u>ために</u>貯金している。

（○）日本へ行ける<u>ように</u>貯金している。

　　（為了能去日本正在存錢。）

考古題解答（頁數→答案）

p.24~60		p.61~100		p.101~140		p.142~180		p.182~211	
p.59 →	4	p.95 →	1	p.134 →	2	p.176 →	4
p.60 →	4	p.97 →	3	p.135 →	4	p.177 →	4
p.24~60		p.98 →	2	p.136 →	3	p.178 →	3
p.24 →	4	**p.61~100**		p.99 →	1	p.137 →	4	p.179 →	1
p.25 →	3	p.61 →	2	p.100 →	1	p.139 →	2	p.180 →	1
p.26 →	2	p.63 →	3	**p.101~140**		p.140 →	4	**p.182~211**	
p.27 →	2	p.64 →	3	p.101 →	4	**p.142~180**		p.182 →	2
p.28 →	2	p.65 →	3	p.102 →	1	p.142 →	4	p.183 →	1
p.29 →	1	p.66 →	3	p.103 →	2	p.143 →	4	p.184 →	3
p.30 →	3	p.67 →	2	p.104 →	4	p.145 →	2	p.187 →	4
p.32 →	2	p.68 →	3	p.105 →	2	p.146 →	1	p.188 →	2
p.34 →	3	p.69 →	3	p.106 →	2	p.147 →	2	p.190 →	1
p.35 →	4	p.70 →	2	p.107 →	4	p.148 →	4	p.191 →	2
p.36 →	1	p.71 →	3	p.108 →	3	p.149 →	1	p.192 →	2
p.37 →	4	p.72 →	1	p.109 →	4	p.150 →	2	p.193 →	4
p.38 →	2	p.73 →	1	p.111 →	1	p.151 →	4	p.194 →	4
p.39 →	3	p.74 →	2	p.112 →	2	p.153 →	3	p.195 →	4
p.40 →	3	p.75 →	2	p.113 →	1	p.156 →	4	p.196 →	2
p.41 →	4	p.76 →	3	p.114 →	1	p.157 →	2	p.198 →	3
p.42 →	1	p.77 →	4	p.116 →	4	p.158 →	2	p.199 →	4
p.43 →	2	p.78 →	1	p.117 →	2	p.159 →	1	p.200 →	1
p.44 →	1	p.80 →	4	p.118 →	3	p.160 →	2	p.201 →	1
p.45 →	2	p.81 →	1	p.119 →	4	p.161 →	2	p.202 →	4
p.46 →	3	p.82 →	1	p.122 →	3	p.162 →	4	p.204 →	2
p.47 →	4	p.83 →	1	p.123 →	4	p.163 →	3	p.205 →	4
p.48 →	1	p.84 →	1	p.124 →	4	p.164 →	4	p.206 →	4
p.49 →	1	p.86 →	3	p.125 →	3	p.167 →	4	p.207 →	2
p.50 →	2	p.87 →	3	p.126 →	4	p.169 →	2	p.208 →	4
p.51 →	1	p.88 →	1	p.127 →	1	p.171 →	1	p.209 →	2
p.52 →	1	p.89 →	1	p.128 →	3	p.172 →	3	p.210 →	3
p.54 →	2	p.90 →	2	p.129 →	2	p.173 →	3	p.211 →	1
p.55 →	4	p.91 →	2	p.132 →	3	p.174 →	2		
p.56 →	3	p.92 →	3	p.133 →	3	p.175 →	4		
p.57 →	1	p.93 →	4						
p.58 →	2								

考古題解答（頁數→答案）

參考書籍

❏日本国際教育支援協会、国際交流基金
《日本語能力試験　出題基準》凡人社

❏池松孝子、奥田順子
《「あいうえお」でひく日本語の重要表現文型》専門教育出版

❏グループ・ジャマシイ
《教師と学習者のための日本語文型辞典》くろしお出版

❏坂本正
《日本語表現文型例文集》凡人社

❏白寄まゆみ、入内島一美
《日本語能力試験対応　文法問題集1級・2級》桐原ユニ

❏寺村秀夫、鈴木泰、野田尚史、矢澤真人
《ケーススタディ日本文法》おうふう

❏寺村秀夫
《日本語のシンタクスと意味Ⅱ》くろしお出版

❏友松悦子、宮本淳、和栗雅子
《どんな時どう使う日本語表現文型500 中・上級》アルク

❏阪田雪子、倉持保男
《教師用日本語教育ハンドブック文法Ⅱ》国際交流基金

❏益岡隆志《基礎日本語文法》くろしお出版

❏宮島達夫、仁田義雄
《日本語類義表現の文法》(上、下)くろしお出版

❏森田良行、松木正恵《日本語表現文型》アルク

❏森田良行《基礎日本語辞典》角川書店

❏森田良行《日本語の視点》創拓社

２級・文法テスト　（平成18）

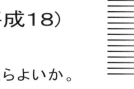

問題Ｉ　次の文の＿＿＿にはどんな言葉を入れたらよいか。
　　　　１・２・３・４から最も適当なものを一つ選びなさい。

(1)　他人の住所を勝手に公表することは、法律＿＿＿＿、認められていない。

　　　　１　上　　　　２　上に　　　３　次第　　　４　次第に

(2)　あの鳥が日本で見られるのは、11月から3月＿＿＿＿です。

　　　　１　にかけて　２　をかねて　３　にそって　４　をめぐって

(3)　あの日の記憶を＿＿＿＿ものなら消してしまいたい。

　　　　１　消す　　　２　消せる　　　３　消そう　　　４　消した

(4)　収入が減る＿＿＿＿、教育費などの支出は増えていくのだから、節約するしかない。

　　　　１　せいで　　２　一方で　　３　おかげで　　４　ことで

(5)　この公園では、季節を＿＿＿＿美しい花が見られます。

　　　　１　除き　　　２　問わず　　　３　こめて　　　４　はじめ

(6)　いったん引き受けた＿＿＿＿、納得できる仕事をしたい。

　　　　１　からといって　　　　　　２　からには

　　　　３　かと思うと　　　　　　　４　かといって

(7)　面接試験では、話し方＿＿＿＿＿、服装などにも気をつける
　　必要がある。

　　　　1　の反面　　　2　としては　　3　に過ぎず　　4　はもちろん

(8)　試合直前の打ち合わせをしようと、選手たちはコーチの
　　＿＿＿＿＿集まった。

　　　　1　末に　　　　2　ものに　　　3　もとに　　　4　際に

(9)　調査結果に＿＿＿＿＿、論文を書く。

　　　　1　とって　　　2　くらべて　　3　もとづいて　4　ともなって

(10)　今年は気温が高い＿＿＿＿＿、冬になってもなかなか雪が降
　　らない。

　　　　1　せいか　　　2　わりに　　　3　くせに　　　4　ことか

(11)　そのスポーツクラブは入会金が要らない＿＿＿＿＿わが家か
　　ら近い。

　　　　1　ために　　　2　ものの　　　3　うえに　　　4　ほどの

(12)　かたいあいさつは＿＿＿＿＿、さっそく乾杯しましょう。

　　　　1　ぬかずに　　　　　　　　2　ぬくものか

　　　　3　ぬきながら　　　　　　　4　ぬきにして

(13)　あたりが暗くなるに＿＿＿＿＿、だんだん眠くなってきた。

　　　　1　よって　　　2　つれて　　　3　向けて　　　4　対して

(14)　指示のとおりにやる＿＿＿＿＿やったが、いい結果が出るかど

うか自信がない。

　　　1　だけに　　2　だけさえ　3　だけは　　4　だけこそ

(15)　この製品は、アイデア_____いろいろな使い方ができ
ます。

　　　1　がちに　　2　ぎみに　　3　限りで　　4　次第で

(16)　小さな子どもが真っ暗な穴（あな）の中に一人だけ残されてい
たなんて、_____だけで涙が出る。

　　　1　想像して　　　　　　　　2　想像しよう

　　　3　想像しない　　　　　　　4　想像する

(17)　一人で暮らすように_____はじめて、家族がどんなに
ありがたいかがわかった。

　　　1　なって　　2　なれば　　3　なりつつ　4　ならずに

(18)　ここから200メートルに_____桜（さくら）の並木が続いている。

　　　1　沿（そ）って　　2　応じて　　3　際して　　4　わたって

(19)　あの二人が結婚したと聞けば、だれ_____びっくりす
るよ。

　　　1　さえ　　　2　だって　　3　までも　　4　ばかり

(20)　医者には二、三日で治ると言われたが、よくなる_____
ますます悪くなってきた。

　　　1　ところに　2　ところも　3　どころで　4　どころか

問題Ⅱ 次の文の____にはどんな言葉を入れたらよいか。
1・2・3・4から最も適当なものを一つ選びなさい。

(1) ２回も同じ間違いをするとは、注意が足りなかったと
_____。
　　　1 言う一方だ　　　　　2 言いっこない
　　　3 言わざるをえない　　4 言うわけにはいかない

(2) その人を雇(やと)うかどうかは書類だけでは決められないか
ら、結局は実際に本人に会って判断する_____。
　　　1 はずがない　　　　　2 にほかならない
　　　3 よりほかはない　　　4 というものでもない

(3) この欠陥(けっかん)を直さないと、重大な事故が起こる_____　。
　　　1 ぐらいだ　　　　　　2 ところだ
　　　3 べきである　　　　　4 おそれがある

(4) こんなところで先生に会うなんて、_____。
　　　1 思ってもみなかった
　　　2 思ってもしょうがなかった
　　　3 思わずにはいられなかった
　　　4 思ってはいられなかった

(5) 同じ値段なら、質がいいほうがたくさん売れる_____。

　　　　1　わけがない　　　　　　2　に限る

　　　　3　にきまっている　　　　4　ばかりになっている

(6)　大人のくせに、そんなつまらないことでけんかするのは

　　　_____。

　　　　1　子どもっぽい　　　　　2　子どもらしい

　　　　3　子ども向きだ　　　　　4　子どもだらけだ

(7)　寒いなあ。こんなに冷えるのなら、セーターを_____。

　　　　1　持ってきただろうか　　2　持ってくればよかった

　　　　3　持ってきてしかたがない　4　持ってくることは持ってきた

(8)　入学試験が終わった後、兄は毎日_____。

　　　　1　遊びつつある　　　　　2　遊んだままだ

　　　　3　遊んでいる最中だ　　　4　遊んでばかりいる

(9)　あんなに巨大な建物を大昔の人が造ったとは、不思議と

　　　しか_____。

　　　　1　言いようがない　　　　2　言うほどではない

　　　　3　言ってたまらない　　　4　言うにちがいない

(10)　その俳優が大好きなので、ぜひ私に彼へのインタビューを

　　　_____。

　　　　1　してさしあげませんか　2　していただけませんか

　　　　3　させてくださいませんか　4　させていただきませんか

問題Ⅲ 次の文の＿＿＿にはどんな言葉を入れたらよいか。
　　　　1・2・3・4から最も適当なものを一つ選びなさい。

(1)　社長のスピーチ、早く＿＿＿＿。いつも長くて困るよ。

　　　1　終わろうかな　　　　　　2　終わらないかな

　　　3　終わるぐらいだな　　　　4　終わってしょうがないな

(2)　ときどき家の中がものすごく散らかってしまうことが
　　　ある。そんなときに限って、＿＿＿＿。

　　　1　もっと散らかっている

　　　2　突然客が訪ねてきたりする

　　　3　部屋を片づけたい気持ちになる

　　　4　たくさんの人を招待するべきだ

(3)　以前は、月に1回ぐらい美術館に好きな絵を見に行く時
　　　間があった。今はそれどころではなく、＿＿＿＿。

　　　1　仕事に追われる毎日だ

　　　2　月に2回は行っている

　　　3　絵の人気が下がっている

　　　4　さらに毎日の生活を楽しんでいる

(4)　学校の勉強が将来役に立つかどうかについて、小学生を
　　　対象に調査した。その結果、低学年では肯定的だが、高
　　　学年＿＿＿＿その考えに否定的だった。

1　にしろ　　　　　2　にしても

3　になっても　　　4　になるほど

(5)　山口「就職するんだったら、やっぱり社会的に信用のあ
　　　　　　る大きい会社がいいな。」

　　　田中「そうはいっても、＿＿＿＿。」

　　　1　小さい会社は給料が安いからね

　　　2　大きい会社なら、信用があるだろう

　　　3　そういう会社には入るのが難しいよ

　　　4　そういう会社のほうが信用されるだろう

正解：

問題 I

(1) 1	(2) 1	(3) 2	(4) 2
(5) 2	(6) 2	(7) 4	(8) 3
(9) 3	(10) 1	(11) 3	(12) 4
(13) 2	(14) 3	(15) 4	(16) 4
(17) 1	(18) 4	(19) 2	(20) 4

問題 II

(1) 3	(2) 3	(3) 4	(4) 1
(5) 3	(6) 1	(7) 2	(8) 4
(9) 1	(10) 3		

問題 III

(1) 2	(2) 2	(3) 1	(4) 4
(5) 3			

2級・文法テスト　（平成17）

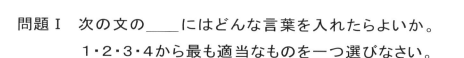

問題 I　次の文の＿＿＿にはどんな言葉を入れたらよいか。
　　　　1・2・3・4から最も適当なものを一つ選びなさい。

(1)　この時計は古いのですが、私に＿＿＿＿、とても大切な
　ものなのです。

　　　1　対して　　　2　とって　　　3　ついて　　　4　よって

(2)　姉は食事のことで文句ばかり言っている＿＿＿＿、自分では
　何も作らない。

　　　1　ことだから　2　おかげで　3　ものだから　4　くせに

(3)　好きなことを職業にする人が多いが、私は映画が＿＿＿＿、
　職業にはしないことにした。

　　　1　好きなどころか　　　　　　2　好きなわりには
　　　3　好きだからこそ　　　　　　4　好きというより

(4)　説明書＿＿＿＿組み立ててみたのですが、動かないんです。

　　　1　どおりに　2　次第で　　3　のもとに　4　に応じて

(5)　お近くにお越しの＿＿＿＿、ぜひわが家にお寄りください。

　　　1　ところには　2　最中には　3　たびには　4　際には

(6)　弟は勉強はできないが、泳ぎ＿＿＿＿だれにも負けない。

　　　1　にむけて　　　　　　　　　2　にかけては
　　　3　にしたら　　　　　　　　　4　にしても

(7) 買い物に_____、この手紙を出してきてくれない。

　　1　行きつつも　　　　　　　2　行くとともに

　　3　行くかといえば　　　　　4　行くついでに

(8) 夜、パーティーに行く_____で、小川さんはすごくすて
きな服を着てきましたよ。

　　1　とか　　　2　って　　　3　うえ　　　4　のか

(9) 時間がたつ_____、悲しいことは忘れていった。

　　1　につれて　　　　　　　　2　にくらべて

　　3　にもかかわらず　　　　　4　にあたり

(10) レポートは最後まで書いた_____書いたんですが、まだ
足りない部分もあります。

　　1　つもりは　　2　ものは　　3　ことは　　4　ほどは

(11) この車は、空気を汚さない_____、価格が高いという欠
点がある。

　　1　と同時に　　2　かぎり　　3　ばかりか　　4　反面

(12) 私たちの町にはこのお寺を_____いろいろな古い建物
がある。

　　1　ぬきに　　　2　はじめ　　3　ともなって　　4　こめて

(13) うちの子はまだ中学生だが、料理も_____、洗濯もして
くれる。

　　1　作れば　　　　　　　　　　2　作ったら

　　3　作るばかりに　　　　　　　4　作らず

(14) 参加者の名前が＿＿＿＿、教えていただけませんか。

　　1　わかっては　　　　　　2　わかったかと思うと

　　3　わかり次第　　　　　　4　わかった結果

(15) 留学する＿＿＿＿、勉強だけでなく、その国の文化を学んだり交流をしたりしたいと思う。

　　1　一方で　　2　あげくに　3　以上は　　4　末には

(16) 最近、日本では大学生はもちろん、小学生＿＿＿＿パソコンを使うようになった。

　　1　くらい　　2　ほど　　　3　まで　　　4　など

(17) たとえみんなに＿＿＿＿、私は絶対にこの計画を実行したい。

　　1　反対されても　　　　　　2　反対されてからでないと

　　3　反対されるにしたがい　4　反対されるのに

(18) 何でも完全にやろうと思う＿＿＿＿、体をこわす人がいる。

　　1　だけあって　2　あまりに　3　かわりに　4　につけ

(19) 新しい家を建てる＿＿＿＿、かなりのお金が必要になる。

　　1　にしては　2　についで　3　といっては　4　としたら

(20) あの人もずいぶん＿＿＿＿、会社をやめることを決めたんでしょう。

　　1　悩みかけて　　　　　　2　悩みぬいて

　　3　悩みだして　　　　　　4　悩みかねて

問題Ⅱ　次の文の＿＿にはどんな言葉を入れたらよいか。
　　　　1・2・3・4から最も適当なものを一つ選びなさい。

(1)　本やインターネットの資料を写しただけではレポート
　　を書いた＿＿＿＿＿。

　　　　1　ことにはならない　　　　2　ことにする

　　　　3　ことになる　　　　　　　4　ことにほかならない

(2)　水の汚染をこのままにしておくと、地球環境はますま
　　す悪くなる＿＿＿＿＿。

　　　　1　に限る　　　　　　　　　2　にすぎない

　　　　3　にあたる　　　　　　　　4　にちがいない

(3)　適度なスポーツは健康にいいと言われるが、やりすぎる
　　と体を＿＿＿＿＿　。

　　　　1　こわしっこない　　　　　2　こわしきれない

　　　　3　こわしようがない　　　　4　こわしかねない

(4)　悪い点を注意する親が多いが、子どもにとっては、ほめ
　　られたほうがどれだけうれしい＿＿＿＿＿。

　　　　1　ものだ　　2　そうか　　3　ことか　　4　はずだ

(5)　通勤に車を使っていると、運動不足に＿＿＿＿＿。

　　　　1　しそうだ　　　　　　　　2　なりがちだ

　　　　3　なるせいだ　　　　　　　4　するべきだ

(6) 私は３年も国へ帰っていないので、早く家族に_____。

　　1　会いたくてたまらない　　2　会うものではない

　　3　会うどころではない　　　4　会わざるをえない

(7) 台風の被害にあった人々のため、一日も早い生活環境の整備を_____。

　　1　願っていられない　　　　2　願うわけでもない

　　3　願いようもない　　　　　4　願わずにはいられない

(8) この新しい電池は、光と熱のエネルギーを_____。

　　1　利用しようとしたことだ　2　利用するものがある

　　3　利用しようというものだ　4　利用することではない

(9) 教育を普及_{ふきゅう}させるためには、すべての子どもに学ぶ権利が_____。

　　1　与えられないようになっている

　　2　与えられなければならない

　　3　与えられるわけにいかない

　　4　与えられることはある

(10) 最近の食べ物は安全だとは言えないので、もう自分で作る_____。

　　1　はずはない　2　ことはない　3　しかない　4　さえない

問題Ⅲ　次の文の＿＿＿にはどんな言葉を入れたらよいか。
　　　　1・2・3・4から最も適当なものを一つ選びなさい。

(1)　A：「4月から外国語の学校に通ってるの。」

　　　B：「へえ、がんばってるね。」

　　　A：「といっても、＿＿＿＿＿。」

　　　1　新しい教科書と辞書を買ったの

　　　2　毎日行ってるんだけど

　　　3　とても上手に話せるようになったの

　　　4　週に1回だけだけど

(2)　外国にいる子どもが病気だと聞いて心配しない親はい
　　ない。できるものなら、＿＿＿＿＿。

　　　1　親に心配をかけてはいけないと思うだろう

　　　2　病気にならないようにすべきだと思うだろう

　　　3　すぐに看病に行ってやりたいと思うだろう

　　　4　すぐに帰国することができないと思うだろう

(3)　客　　「先日、電話で予約した前田ですが。」

　　　店員「ああ、前田様ですね。＿＿＿＿＿。」

　　　1　すみませんが、ご予約をおうけたまわりになってください

　　　2　ご予約、おうけたまわりくださって、ありがとうございます

　　　3　すみませんが、ご予約をうけたまわってください

　　　4　ご予約、うけたまわっております

(4)　日本人は、自分の意見をあまり主張しないと言われている。周りの雰囲気に流されることなく、＿＿＿＿。

　　1　言いにくいこともはっきり言うべきだ

　　2　言いにくいことは言わないですませたほうがいい

　　3　言いにくいことも言わせられる

　　4　言いにくいことは言わないほうがましだ

(5)　私は医者として、できるだけ患者の不安や悩みを聞き、患者が安心して医療を受けられるよう努力している。しかし、そこまでせずに、＿＿＿＿。

　　1　薬を飲まない患者もいる

　　2　薬だけ出して済ませる医者もいる

　　3　不安になる医者もいる

　　4　医者に行かなくなる患者もいる

正解：

問題 I

(1) 2	(2) 4	(3) 3	(4) 1
(5) 4	(6) 2	(7) 4	(8) 1
(9) 1	(10) 3	(11) 4	(12) 2
(13) 1	(14) 3	(15) 3	(16) 3
(17) 1	(18) 2	(19) 4	(20) 2

問題 II

(1) 1	(2) 4	(3) 4	(4) 3
(5) 2	(6) 1	(7) 4	(8) 3
(9) 2	(10) 3		

問題 III

(1) 4	(2) 3	(3) 4	(4) 1
(5) 2			

2級・文法テスト （平成16）

問題 I 次の文の＿＿＿にはどんな言葉を入れたらよいか。
1・2・3・4から最も適当なものを一つ選びなさい。

(1) 戦争に＿＿＿＿、批判の声が次第に高まっている。

　　 1 沿って　　2 対して　　3 かけては　　4 こたえて

(2) 関係者のみなさまのご協力に＿＿＿＿、無事この会を終
了することができました。

　　 1 むけ　　　2 つけ　　　3 とって　　　4 よって

(3) 思いつく＿＿＿＿のアイデアはすべて出したが、社長は認
めてくれなかった。

　　 1 から　　　2 うえ　　　3 かぎり　　　4 たび

(4) 外国人社員の労働条件を＿＿＿＿、会社側と労働者側が対
立している。

　　 1 まわって　　2 わたって　　3 めぐって　　4 かねて

(5) これから旅行に＿＿＿＿、海がいい。

　　 1 行くに際し　　　　　2 行ったとおり
　　 3 行ったばかりか　　　4 行くのなら

(6) 本日は雨の中、遠くまで＿＿＿＿、ありがとうございました。

　　 1 おいでくださって　　2 参ってさしあげて
　　 3 来てさしあげて　　　4 来られてくださって

(7) 母の誕生日に、心＿＿＿セーターを編んだ。

　　1　を通じて　2　を込めて　3　にかぎって　4　において

(8) ノートを貸してもらった＿＿＿、昼ごはんをごちそうしよう。

　　1　きり　　　2　あげく　　3　かわりに　4　ところに

(9) あの映画は一度見た＿＿＿、話の筋がまったくわからなかった。

　　1　ものなので　2　ものの　　3　ものなら　4　ものから

(10) 親は子供が病気に＿＿＿ように、健康に気をつけている。

　　1　ならなかった　　　　　2　なれない

　　3　なった　　　　　　　　4　ならない

(11) 最近、自分＿＿＿いいという考えの人が増えている。

　　1　こそよければ　　　　　2　さえよければ

　　3　さえよくなければ　　　4　こそよくなければ

(12) ドアのところに私のかさを＿＿＿いいですか。

　　1　置かせてくださっても　2　お置きくださっても

　　3　置かせていただいても　4　お置きになっても

(13) このところ忙しくて少し疲れ＿＿＿から、今日は早く帰ることにした。

　　1　ぎみだ　　2　かねる　　3　っぽい　　4　うる

(14) この本は_____おもしろくなる。

1　読めば読むほど　　　　2　読むにあたって

3　読むにもかかわらず　　4　読んだ以上

(15) 彼とは10年前のクラス会で_____以来、一度も連絡を取っていない。

1　会った　　2　会って　　3　会い　　　4　会う

(16) この店の料理は、味_____量は多い。

1　のくせに　2　につけても　3　に先立ち　4　はともかく

(17) 担当者_____、会社全体で不正な売買を行っていた。

1　のみならず　2　のみにて　3　まででなく　4　までも

(18) 今回改善された育児休暇制度が_____、今後子供を持つ女性が働きやすくなるだろう。

1　広まらなければ　　　　2　広まるようでは

3　広まれば　　　　　　　4　広まるからといって

(19) 調査の結果、若者の言葉づかいにきびしい_____、40代、50台の人の多くが言葉の正確な意味を理解していないことがわかった。

1　からには　2　あまり　　3　だけあって　4　わりには

(20) 私は先生の奥様に、パーティーで一度_____ことがあります。

1　お目にかかった　　　　2　目にされた

3　ご覧になった　　　　　4　ご覧くださった

問題Ⅱ　次の文の____にはどんな言葉を入れたらよいか。
　　　　1・2・3・4から最も適当なものを一つ選びなさい。

(1)　人口の増加とともに、この辺りの住宅事情は悪く
　　　_____。

　　　1　なる通りだ　　　　　　2　なりぬいた

　　　3　なりつつある　　　　　4　なる次第だ

(2)　彼の話は非常に感動的で、聞いている人すべてが涙を
　　　浮かべた_____。

　　　1　すえだった　　　　　　2　ほどだった

　　　3　ばかりだった　　　　　4　ほうだった

(3)　最近の子どもはテレビゲームばかりしているようだが、
　　　必ずしも外で遊ばない_____。

　　　1　わけになる　　　　　　2　わけだろう

　　　3　わけではない　　　　　4　わけであった

(4)　自分の目で確かめない限り、そんな恐ろしいことはだれ
　　　も_____。

　　　1　信じまい　　　　　　　2　信じかねない

　　　3　信じよう　　　　　　　4　信じきれる

(5)　3週間も水をやらなかったのだから、花が枯れて_____。

1 しまいっこない	2 しまうのも当然だ
3 しまいようもない	4 しまうのは無理だ

(6) 大学院は自分で研究を進めるところだから、先生に頼ろうとする_____。

1 はずではない	2 ことではない
3 べきではない	4 まgraphではない

(7) 希望する会社に就職できなかったくらいで、そんなにがっかりする_____。

1 よりほかない	2 ことといえる
3 とされている	4 ものではない

(8) この人形はとてもよく作られていて、_____。

1 生きているかのようだ	2 生きていそうもない
3 生きざるをえない	4 生きるものか

(9) 世界中を旅行して回れるなんて、うらやましくて_____。

1 はかなわない	2 ならない
3 かまわない	4 はならない

(10) 今回の事件で明らかになったことは、実際に起こったことの一部_____。

1 によらない	2 にのぼる
3 にかぎる	4 にすぎない

問題Ⅲ　次の文の＿＿＿にはどんな言葉を入れたらよいか。
　　　　1・2・3・4から最も適当なものを一つ選びなさい。

(1)　仕事が予定より遅れている。だから、今度の日曜日は、
　　仕事を＿＿＿＿＿。

　　　1　休むことになっている　　2　休むにきまっている

　　　3　休まねばならない　　　　4　休んではいられない

(2)　毎日遅くまで、必死に頑張る＿＿＿＿＿。そんなことをし
　　て、体をこわしては意味がない。

　　　1　べきだ　　　　　　　　　2　つもりだ

　　　3　ことはない　　　　　　　4　にちがいない

(3)　この本にのっているレストランはとてもおいしそうだ。
　　みんなで＿＿＿＿＿。

　　　1　行ってみようじゃないか

　　　2　行くわけがない

　　　3　行っているどころではない

　　　4　行くほどではない

(4)　となりの子どもはうちへ帰るとすぐ宿題を終わらせ、部
　　屋を片づける。となりのうちでは、そう＿＿＿＿＿、遊びに
　　行かせてもらえないのだ。

　　　1　なると　　　　　　　　　2　してはじめて

　　　3　だとすれば　　　　　　　4　してからでないと

(5) 現代の医学は進歩している。それに＿＿＿＿、平均寿命^{へいきんじゅみょう}
が延びている。

   1　ともなって　　　　　　2　反して

   3　わたって　　　　　　　4　比べて

(6) ごみ処理の問題については林先生が一番くわしい。専門
的なことについては、林先生をぬきにして議論＿＿＿＿。

   1　しなければならない　　2　しても仕方がない

   3　した方がいい　　　　　4　してもいい

正解：

問題 I

(1) 2　　　　(2) 4　　　　(3) 3　　　　(4) 3

(5) 4　　　　(6) 1　　　　(7) 2　　　　(8) 3

(9) 2　　　　(10) 4　　　　(11) 2　　　　(12) 3

(13) 1　　　　(14) 1　　　　(15) 2　　　　(16) 4

(17) 1　　　　(18) 3　　　　(19) 4　　　　(20) 1

問題 II

(1) 3　　　　(2) 2　　　　(3) 3　　　　(4) 1

(5) 2　　　　(6) 3　　　　(7) 4　　　　(8) 1

(9) 2　　　　(10) 4

問題 III

(1) 4　　　　(2) 3　　　　(3) 1　　　　(4) 4

(5) 1　　　　(6) 2

２級・文法テスト　（平成15）

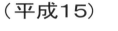

問題Ⅰ　次の文の＿＿＿にはどんな言葉を入れたらよいか。

　　　　１・２・３・４から最も適当なものを一つ選びなさい。

(1)　彼女はいろいろと悩んだ＿＿＿＿、結婚をやめてしまった。

　　　１　反面　　　　２　以上　　　３　とたん　　４　あげく

(2)　この作家の作品は、若い女性＿＿＿＿、読まれている。

　　　１　を中心に　２　と同時に　３　と思えば　４　を問わずに

(3)　内田さんは＿＿＿＿髪型が違う。

　　　１　会ったなら　　　　　　２　会うたびに

　　　３　会ううちに　　　　　　４　会ったところ

(4)　引き受ける＿＿＿＿引き受けない＿＿＿＿、なるべく早く決

　　めたほうがいい。

　　　１　にも／にも　　　　　　２　につれ／につれ

　　　３　なんて／なんて　　　　４　にしろ／にしろ

(5)　彼はチームのキャプテン＿＿＿＿、みんなに信頼されてい

　　る。

　　　１　のみで　　２　にとって　３　だけあって　４　かというと

(6)　原料が安い＿＿＿＿、この製品は値段が安い。

　　　１　ものの　　２　せいか　　３　くせに　　４　わりには

(7) 先生に教えて_____数学のおもしろさがわかりました。

    1　いただくために　　　　2　いただいてはじめて

    3　いただこうとしても　　4　いただいたことだから

(8) オリンピックの成功<ruby>成功<rt>せいこう</rt></ruby>_____、競技場や道路の整備が行われている。

    1　にむけ　　2　として　　3　にそって　　4　のように

(9) 人生の短さを花_____、さくらの花だ。

    1　にくらべて　　　　　　2　に応じては

    3　にたとえると　　　　　4　について言えば

(10) 明日もまた仕事を休む_____、会社をやめてもらいます。

    1　ようなら　　2　ついでに　　3　ことには　　4　あまりに

(11) 先生のご都合_____来週の講演は延期になります。

    1　上は　　　　2　ほどで　　3　ばかりに　　4　次第では

(12) 彼があんなに喜んでいる_____、彼の成績はかなり上がったにちがいない。

    1　どころか　　　　　　　2　ところまで

    3　ところをみると　　　　4　どころではなく

(13) この新しい薬は、何年にもわたる研究_____作り出されたものだ。

    1　の末に　　2　でさえ　　3　ぬきでは　　4　ばかりか

(14)　今日の会合には、どんな手段を＿＿＿＿＿時間通りに到着
　　　しなければならない。

　　　　1　使いつつ　　2　使ってでも　　3　使ううちに　　4　使おうとして

(15)　大切な用事があって遅刻してはいけないときに＿＿＿＿＿
　　　寝坊してしまう。

　　　　1　よって　　　2　つれて　　　3　かぎって　　4　ともなって

(16)　あの工場は、設備＿＿＿＿＿周りの環境もすばらしい。

　　　　1　だけは　　　2　だけなら　　3　だけでも　　4　だけでなく

(17)　日本語のクラスは、テストの点数と今までの学習期間
　　　を＿＿＿＿＿決定される。

　　　　1　もとに　　　2　かねて　　　3　こめて　　　4　めぐって

(18)　一度行って＿＿＿＿＿、どんな所かわからないだろう。

　　　　1　みて以来　　　　　　　　　2　みるとともに

　　　　3　みたからには　　　　　　　4　みないことには

(19)　私が皆様のご意見を＿＿＿＿＿うえで、来週ご報告いたし
　　　ます。

　　　　1　うかがった　　　　　　　　2　うかがわれた

　　　　3　うかがわせる　　　　　　　4　うかがっている

(20)　そんなに毎日甘いものばかり＿＿＿＿＿虫歯になりますよ。

　　　　1　食べるには　　　　　　　　2　食べるまで

　　　　3　食べていては　　　　　　　4　食べていても

問題Ⅱ　次の文の____にはどんな言葉を入れたらよいか。

1・2・3・4から最も適当なものを一つ選びなさい。

(1)　子どもが大人と相撲{すもう}をしたって、負ける_____。

1　まいか　　　　　　　　2　ものによる

3　にすぎない　　　　　　4　にきまっている

(2)　たった1回の授業では、とてもこの本の内容を説明

_____。

1　しうる　　　　　　　　2　しそうだ

3　したはずだ　　　　　　4　しきれない

(3)　どのコンピュータを買ったらよいか、なかなか一つには

_____。

1　決めがたい　　　　　　2　決めかねない

3　決めるしかない　　　　4　決めてたまらない

(4)　大雨が降ると、あの橋はこわれる_____。

1　ものがある　　　　　　2　ことはない

3　恐れがある　　　　　　4　限りではない

(5)　本田さんとは20年前に一度会った_____。

1　ことだ　　2　きりだ　　3　ほどだ　　4　ばかりだ

(6) あしたはほかの仕事をしなければならないのだから、この仕事をやりかけのまま、帰る＿＿＿＿。

　　1　せいだ　　　　　　　　2　ものである

　　3　ことにはならない　　　4　わけにはいかない

(7) 今回の失敗の原因は、準備不足＿＿＿＿。

　　1　のかいがない　　　　　2　にほかならない

　　3　ではいられない　　　　4　になくてはならない

(8) 日本で生活をするのなら、漢字を＿＿＿＿。

　　1　覚えかねる　　　　　　2　覚えたわけだ

　　3　覚えざるをえない　　　4　覚えるかのようだ

(9) ここ数年、この町の人口は減る＿＿＿＿。

　　1　上だ　　　2　一方だ　　3　通りだ　　4　代わりだ

(10) 今日は朝から仕事が忙しくて、食事をする時間もない＿＿＿＿。

　　1　くらいだ　2　おかげだ　3　ことはない　4　はずはない

問題Ⅲ　次の文の＿＿＿にはどんな言葉を入れたらよいか。
　　　　1・2・3・4から最も適当なものを一つ選びなさい。

(1)　息子は、朝学校に行く際に、必ずと言っていいほど忘
　　れ物をしている。出かけたかと思うと＿＿＿＿＿。

　　　1　忘れ物を届けに行く

　　　2　すぐ忘れ物を取りに帰ってくる

　　　3　夜になって忘れ物を確認している

　　　4　次の日まで忘れ物のことを思い出さない

(2)　私は彼のことが大嫌いだ。彼の話し方や服装からして
　　＿＿＿＿＿。

　　　1　がまんならない　　　　2　困ってはいない

　　　3　理解せざるをえない　　4　ゆるすことができる

(3)　政府は、今年こそ経済がよくなると予測していた。しか
　　し、この予測に＿＿＿＿＿、12月になった今もあいかわらず
　　よくなっていない。

　　　1　際して　　2　反して　　3　そって　　4　したがって

(4)　今から野球大会を行います。試合開始に＿＿＿＿＿、会長か
　　らごあいさつをいただきます。

　　　1　こたえて　2　くわえて　3　かけては　4　さきだち

(5) 田中さんは、あるパーティーで友達から一人の女性を紹介された。それを＿＿＿＿、田中さんはその女性と交際を始めたそうだ。

1 とわず　　2 はじめ　　3 こめて　　4 きっかけに

(6) 彼は、銀行からの借金が数百万円もあって、返せずにいるという。それ＿＿＿＿、友人たちからも相当の金を借りているらしい。

1 ばかりに　2 ばかりで　3 ばかりか　4 ばかりなら

正解：

```
問題 I
(1) 4      (2) 1      (3) 2      (4) 4
(5) 3      (6) 2      (7) 2      (8) 1
(9) 3      (10) 1     (11) 4     (12) 3
(13) 1     (14) 2     (15) 3     (16) 4
(17) 1     (18) 4     (19) 1     (20) 3
```

```
問題 II
(1) 4      (2) 4      (3) 1      (4) 3
(5) 2      (6) 4      (7) 2      (8) 3
(9) 2      (10) 1
```

```
問題 III
(1) 2      (2) 1      (3) 2      (4) 4
(5) 4      (6) 3
```

史上最強

日檢獨家

根據《日本語能力試驗 出題基準》
完整收錄四到一級的文法概念，
最能貼近考試脈動，提升文法實力。

◉ 日語能力檢定系列 **文法一把抓**

獨家特色

貼近考試脈動，提升解題能力！
◎ 統計各機能語歷年出題次數
◎ 當頁提供考古題掌握考題趨勢

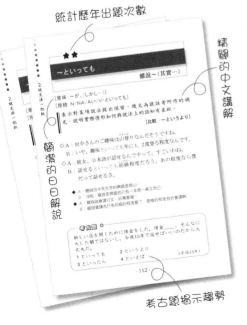

統計歷年出題次數

精闢的中文講解

簡潔的日日解說

考古題揭示趨勢

特別推薦　　　　2級・1級 檢單

隨身攜帶輕鬆背，熟記字彙真**檢單**